相棒
SEASON15

相棒 season15

上

脚本・輿水泰弘ほか／ノベライズ・碇　卯人

朝日文庫

本書は二〇一六年十月十二日～二〇一七年三月二十二日にテレビ朝日系列で放送された「相棒　シーズン15」の第一話～第六話の脚本をもとに全六話に構成して小説化したものです。小説化にあたり、変更がありますことをご了承ください。

相棒 season 15 上 目次

装幀・口絵・章扉／大岡喜直（next door design）

杉下右京　警視庁特命係係長。警部。
冠城亘　警視庁特命係。巡査。
月本幸子　小料理屋〈花の里〉女将。
伊丹憲一　警視庁刑事部捜査一課。巡査部長。
芹沢慶二　警視庁刑事部捜査一課。巡査部長。
角田六郎　警視庁組織犯罪対策部組織犯罪対策五課長。警視。
青木年男　警視庁サイバーセキュリティ対策本部特別捜査官。
益子桑栄　警視庁刑事部鑑識課。巡査部長。
中園照生　警視庁刑事部参事官。警視正。
内村完爾　警視庁刑事部長。警視長。
日下部彌彦　法務事務次官。
衣笠藤治　警視庁副総監。警視監。
社美彌子　警視庁総務部広報課長。
甲斐峯秋　警察庁長官官房付。

相棒

season
15 上

第一話

「守護神」

一

冠城亘《かぶらぎわたる》は警視庁総務部広報課のパソコンで動画投稿サイトにアップされた映像を見ていた。春から晴れて警視庁の一員となった亘は、広報課に配属されたのだった。粗い画質の画面下には、「平成28年4月発足　警視庁サイバーセキュリティ対策本部　そのキーマンに聞く」というタイトルが浮かび、苦み走った顔つきの男がなにやらしゃべっている。男の名は衣笠藤治《きぬがさとうじ》、警視庁の副総監だった。衣笠の声がしないのは、周囲を気遣った亘がヘッドホンで聞いているからだった。

そんな亘の背後から、ひとりの女性がパソコンの画面をのぞきこんだ。気配を察して振り返った亘の目がとらえた人物は、ストレートに伸ばした黒髪がよく似合う広報課長の社美彌子《やしろみやこ》だった。

「春にアップした動画ね」

亘はヘッドホンを耳から外すと、美彌子に向き合った。

「宝の持ち腐れ」

「え？」

唐突なひと言に戸惑ったようすの美彌子に、亘が画面の隅に出ている動画の視聴回数の数字を示した。

「せっかく公式チャンネルまで開設してせっせと動画をアップしているのに、どれも再生数イマイチですね」

「そうね」美彌子が認めた。

「お堅い内容ばかりなので仕方ない面はあるとはいえ、もっと再生数を稼ぐ方法を考えないと」

「なにか名案ある？」

腕を組んで試すように訊《き》いた女性広報課長に、亘は「もちろん」と応じ、パソコンのジャックからヘッドホンのプラグを抜いた。たちまち衣笠の渋い声が流れ出す。

——年々増加し複雑化するサイバー犯罪に各課が個別対応していては限界があります。

——そこで今回のサイバーセキュリティ対策本部発足というわけですね。

女性のインタビュアーが副総監を促した。声の主はほかでもない美彌子だったが、画面には衣笠の顔しか映っていなかった。

——目的は……。

亘がここで動画の再生を止めた。

「インタビュアーをしたのに、どうして画面には出ないんですか？　こんなむさ苦しいおっさんのワンショットよりも、課長もしっかりと画面に出たほうが再生数は飛躍的に伸びます」

「そうかしら？」

「課長は自分の美貌《びぼう》がどれだけ人を惹きつけるか、わかってらっしゃらない。とりわけ男を。すなわち、宝の持ち腐れ」

美彌子は視線をそらして、「真面目に聞いて損した」とつぶやくと、話題を変えるように改めて亘に言った。「それより、今夜、暇？」

「今夜ですか……？」

亘がちょっと考えこむのを見て取った美彌子が、「用事があるならいいの」と立ち去ろうとするのを、亘がすぐさま呼び止めた。

「あっ、ちょっと、ちょっと！　暇です。親の死に目よりも女性の誘いを優先しろというのが我が家の家訓です」

適当なセリフを述べ立てる亘に、美彌子は呆れた顔になった。

サイバーセキュリティ対策本部では、照明の光量を絞った薄暗い部屋の中で、数名の捜査員がおのおのパソコンの前に座っていた。この春採用になったばかりの青木《あおき》年男《としお》がキーボードを打っていると、スマホが振動した。画面で亘からの着信だと確認した青木は、席を立って人気《ひとけ》のないミーティングスペースへ移動した。

「どうも。ご機嫌いかがですか？」

——ああ、悪《わり》い。今夜、キャンセルで。うん。ちょっと急用が入っちゃって。

亘のおおげさな言い訳の声が聞こえてくる。

「そうなんですか……。いや、僕、友達いないじゃないですか。だから、冠城さんとの飲み、結構楽しみにしてたんですけどね」

——悪い。また今度。

亘はそう返し、電話を切った。

その頃、警視庁特命係の杉下右京《すぎしたうきょう》は警察庁にいた。警察庁長官官房付の甲斐峯秋《かいみねあき》に呼ばれていたのだ。峯秋から渡された手紙を読み終えた右京が、文面の一部を引用した。

「宝の持ち腐れ、ですか……」

「自分を捜査活動に使わないのは、警視庁にとって重大な損失、宝の持ち腐れであるという趣旨だね」

右京は便箋《びんせん》を折りたたみ、毛筆で「異動願」と書かれた封筒に戻した。裏返すと、差出人の位置には「冠城亘」と記してあった。

「あなたに直訴に及んだわけですね？」

右京が封書をテーブルに置き、峯秋のほうへ押しやる。

「彼の主張もわかるよ。腐っても元キャリア官僚だし、優秀さは抜きん出てる。警視庁もつまらん嫌がらせをするもんだねえ」

渋面になった峯秋に右京が提案した。

「助けてあげたらどうですか？」

「僕がかい？」

「そもそも冠城くんが警視庁に採用されたのは、あなたと日下部《くさかべ》事務次官との密約によるものです。それなりの責任があると思いますよ」

「採用後の人事にまで口を挟めないよ。僕にはそんな力はない」

峯秋が笑いながら謙遜《けんそん》すると、右京が思わせぶりに言った。

「そうでしょうかねえ……」


その夜、社美彌子と冠城亘はイタリアンレストランで食事をしていた。食事の手を止めた亘が、美彌子に探りを入れた。

「で、なんです？」

「なにが？」

「いや、なにか話でも？」

うかがうように訊いた亘に、美彌子はひと言、「別にない」と返した。

「正真正銘、晩メシだけ？」

亘がなおも信じられないような顔をしていると、美彌子が種明かしをした。

「約束してたんだけどキャンセルされちゃって。誰かいないかしらと思ってたら、あなたが目についた」

「なるほど」亘は合点がいったとばかりにうなずくと、声を潜めた。「でも、平気ですか？　一部で不愉快な噂が立ってますけど」

「ふたりはデキてるって噂？」

美彌子は興味なさそうに答えると、赤ワインの入ったグラスに手を伸ばし、口に運んだ。

「まあ、俺的には不愉快じゃありませんけどね」

空になったワイングラスをテーブルに戻して、美彌子が言い放つ。

「そんなの気にするだけ時間の無駄よ」

亘が身を乗り出した。

「引き取り手のいなかった俺を課長が強引に広報課でって言ったんでしょ？　そこから立った噂だと思いますけど」

美彌子は店員にワインのお代わりを注文し、亘に向き直る。

「あなたを広報課で引き取ったのは総務部長の命令。非捜査部門の総務部か警務部、どちらかであなたを引き取らなければならなくなって、コイントスで決めたの」

　このときコイントスに勝った警務部長はガッツポーズで喜んだというが、美彌子はそこまではあえて説明しなかった。

「そんな……むちゃくちゃですね」

　少々がっかりしたようすの亘を励ますように、美彌子が言い添える。

「人間には解決できない難題を丁半で決めるのは、古来の由緒正しい決断方法よ。昔、出家した者が帰依《きえ》する仏様を決めるとき、曼荼羅《まんだら》に花を投げて決めたの。まさに運を天に任せるってこと」

「俺の人事はそんな……難題だったんですか？」

　美彌子は亘の質問をスルーし、グラスにワインを注いだ店員に「ありがとう」と笑顔を見せた。

　そんな亘と美彌子のやりとりを奥のテーブルから険しい目つきで見つめる男がいることに、ふたりは気づいていなかった。

　捜査一課の伊丹憲一《いたみけんいち》と芹沢慶二《せりざわけいじ》は一日の仕事を終えて警視庁の廊下を歩いていた。芹沢が先輩の伊丹に向かって話しかけた。話題は新入りの冠城亘についてだった。

「かわいがるつもりなら早くしないと」

「おう。そのつもりでこっちは手ぐすね引いて待ってたんだ。ところが、ふたを開けてみりゃ広報課だろ？　かわいがりようがねえよ。せめて特命係に配属されてりゃ……」

ここまでしゃべって、伊丹はようやく後輩のことばに疑問を感じたようだった。「ん？　早くしないとってどういうことだよ？」

「先輩だって、キャリアのポテンシャル知ってるでしょ？　そりゃ今は警視庁のペーペーで階級も巡査ですけど、二年もすれば昇進試験受けられますからねえ。途端に巡査部長ですよ。そうしたら、階級は我々と一緒。それとも先輩、あと二年のうちに警部補になる自信あります？」

「そりゃあ、その気になれば……」

伊丹が虚勢を張ったものの、芹沢は取り合いもしない。

「日々の激務をこなしつつ、試験勉強も怠らない、そんなまねができますか？　できてりゃ、今頃とっくに昇進してますよ！」芹沢は声に出して笑ったあともさらに続けた。「だけどね、キャリアの連中っていうのは、そういうことがお茶の子さいさいの人種ですからね。我々とはね、頭《ここ》のできが違います。スイスイッと追い抜かれて、気がついたときには仰ぎ見る存在になっている」

芹沢がまくしたてたおかげで、伊丹の脳裏に一瞬、仁王立ちして自分を見下ろす亘の姿が浮かんだ。伊丹は妄想を振り払って、後輩を叱る。

「馬鹿！　ビビりすぎだよ。元はキャリアかもしれねえが、今の冠城亘は警視庁のお荷物、厄介者扱いだからな」

伊丹と芹沢が階段で一階までおりると、受付の前で警備の警察官が訪問者らしい三十歳見当の女性に事情を聴いていた。

「ですから、どういうご用件で？」

女性がやけにおどおどとしているのを目にした伊丹が興味を示した。

「どうかした？」

「あっ、いえ」警備の警察官が困ったようすで答える。「こちらの方が殺人を扱う部署をお尋ねで……」

芹沢が一歩前に出て、女性に話しかける。

「我々、捜査一課です。殺人扱ってますよ。どうかしました？」

女性は相変わらずおどおどした態度のまま、伏し目で答えた。

「人を殺しました」

「は？」「あなたが？」

芹沢と伊丹が声を重ねて困惑する中、女性は勇気を振り絞ってうなずいた。

「はい」

その夜、右京が行きつけの小料理屋〈花の里〉でひとり猪口《ちよこ》を傾けていると、引き戸が開いた。

「どうも」

亘の顔を認めた女将《おかみ》の月本幸子《つきもとさちこ》がカウンターの中から明るい声を出す。

「あら、いらっしゃいませ」

亘は軽く会釈すると、右京に向かって言った。

「やっぱり、いましたね」

「お久しぶりですね」

幸子が笑顔で迎えると、亘は後ろの同伴者に声をかけた。

「どうぞ」

「こんばんは」と入ってきたのはロングヘアの広報課長、社美彌子であった。

思いがけない美人の登場に幸子が目を瞠《みは》る。

「いらっしゃいませ」

亘が右京と幸子に言った。

「おふたりとも面識あるんじゃありません？　会いたいって言うから連れてきました」

「その節はどうも」

思わせぶりな美彌子の挨拶に、右京が「どうも。お元気そうで」と応じた。

「おかげさまで」

状況が呑みこめていないようすの幸子に、亘が上司を引き合わせる。

「うちの課長の社です。こちらは女将の幸子さん」

着席し、白のグラスワインをオーダーした新客ふたりに幸子が提案する。

「お食事お済みでしたら、なにか軽いものがよろしいですよね」

「すみません」

美彌子が同意したところで、亘が右京に話しかけた。

「このところ、すこぶる暇だそうですね」

「おかげさまでのんびりしていますよ」右京は美彌子のほうを向くと、「冠城くんはどうですか？　しっかりやっていますか？」と訊いた。

「本気で広報の仕事に取り組んでいるとは思いませんが、呑みこみの早さと要領の良さで過不足なく業務をこなしています」

「そうですか」

右京が納得すると、美彌子が亘の顔をのぞきこんだ。

「ただ、信用しすぎると危ない感じがしますね。そのあたりは杉下さんと一緒かも」

右京は一瞬反論しようとしたようだったが、諦めてつぶやいた。

「なるほど」

右京の反応をうかがっていた亘が、音を立てずに拍手をした。

警視庁に自首をしに来た女性は来栖《くるす》初恵《はつえ》といった。伊丹と芹沢はとりあえず初恵を取調室へ案内し、事情を聴いた。しかし、その話がにわかには信じがたい内容だったので、伊丹は頭を抱えていた。

そんな捜査一課の刑事に向かって、初恵が「あたしを罰してください！」と訴えかける。初恵のことばには少しなまりが感じられた。

伊丹と芹沢が困惑していると、初恵のスマホの着信音が鳴った。

「出ていただいて結構ですよ」

伊丹が許可すると、初恵は恐縮したようにお辞儀をし、スマホを耳に当てた。

「もしもし」

——ああ、今、帰ってきたんだけど、おめえ、まだみたいだから。どこさ行った？

電話をかけてきたのは梶原脩斗《かじわらしゅうと》という男だった。

「警察」

——警察？

「知ってる？　宮田《みやた》さんが死んだの。あたしのせいだ……」

初恵の声を聞いて、電話口の向こうの梶原が絶句した。

しばらくして、梶原が警視庁の一階ロビーにやってきた。心配そうな顔で待合シートに座っている男を見つけた伊丹が声をかける。

「梶原さん？」

男は立ち上がって、刑事に頭を下げた。

「はい！　この度はご迷惑を……。もう馬鹿なことするんじゃないよ」

後半は伊丹と芹沢に挟まれてうなだれている初恵に向けたことばだった。

「だって……」

反論しようとする初恵を伊丹が遮った。

「あのね、来栖さん。仮にあなたが人を呪い殺したとしても、現行法上、我々は捕まえることができないし、罰するなんてもってのほか。どうかご理解ください」

「さあ、行こう」

梶原が初恵に近づき、肩を抱いた。丁寧にお辞儀をして、初恵を連れて警視庁の正面玄関から出ていく。伊丹と芹沢がそれを見送っていると、帰宅の格好をした青木が近づいてきた。

「お仕事ですか？　大変ですねえ。僕は今日、飲みの約束をしてたんですけどキャンセルくらっちゃって、仕方ないから今まで残業を……」

じっと見つめたままで反応しない捜査一課の刑事たちに向けて、青木が言った。

「呪い殺すってなんですか？」

「さあな」伊丹が辟易《へきえき》したように吐き捨てる。「少なくともサイバーには関係ねえ」

伊丹と芹沢が立ち去ったあと、青木はスマホの画面を見て、にやりと笑った。


夜の街を車で流しながら、梶原が助手席の初恵に語りかけた。

「ハツが気に病む必要はまったくねえよ。宮田は事故死だべさ」

「形は事故死だけど……」

初恵が浮かない顔で応じた。

「どうしても宮田の死を得体の知れない力のせいにしたいんだば、天罰だ。宮田は天罰を受けたんだ。少なくとも、ハツのせいでねえ。わかった？」

「しても……あたしには、ばあちゃんの血が流れてるから……」

梶原の慰めのことばはまだ初恵の心に響いていないようだった。

二

翌朝――。
特命係の小部屋で、杉下右京はチェス盤を前に熟考していた。ようやく一手を打つと、すかさず盤の向こうから手が伸びて、右京の駒を迎え撃つ。対局相手は青木年男だった。

「どうです？」

得意げに微笑《ほほえ》む青木に対して、右京は冷静に次の一手を繰り出した。

「ならば、こういきましょうか」

「あ……」

予想外の一手に青木が顔を歪めて長考に入ったところへ、組織犯罪対策五課長の角田《かくた》六郎《ろくろう》が取っ手の部分にパンダのついたマイマグカップを持って入ってきた。

「精が出るね」

「今までの誰よりも歯応えのある相手なので楽しいですよ」

右京が脇の皿からサンドイッチをつまむと、青木は悔しさを押し殺して右京に挑戦的な目を向けた。

「いやいや、僕なんか足元にも及びませんよ。……が、いずれ杉下さんを完膚《かんぷ》なきまでに叩きのめします」

特命係のコーヒーサーバーから勝手にコーヒーを注いだ角田が、青木に忠告する。

「ここへあまり入り浸ると君のためにならんぞ。ここはある種、警視庁の魔境だ。最近、そう思うようになった」

青木は右京を上目遣いで見つめた。

「いつぞやの失礼のおわびも兼ねて、お邪魔しています。すべて水に流していただけるまで」

青木は春まで区役所に勤めていた。その時代、青木は偶然にも殺人現場を目撃したことがあった。それにもかかわらず青木は、特命係の右京と当時法務省から出向していた亘による事情聴取に対して、警察嫌いを公言して証言を拒んだのである。

右京と亘は一計を案じて、青木から真犯人の情報を引き出したのだが、青木はふたりからコケにされたと感じていた。どういう風の吹き回しか警視庁に就職したあとも、ふたりに対し従順を装いつつ、心の中では恨みを抱き続けていたのだった。

「流すもなにも、君がしっかり反省しているならば、特に僕は言うことはありませんよ」

右京のことばを受けて、事情通の角田が青木に小声で訊いた。

「しかし、よりにもよって大嫌いだった警察へ飛びこんでくるとはねえ。衣笠副総監に強力なコネがあるっていうのは本当か？　ちょっと小耳に挟んだ」

「親父が衣笠さんとは幼なじみなんですよ。竹馬の友ってやつですかね。親父はいまだうだつの上がらない警察官ですが、子供の頃の関係は今現在の地位や階級を超越するようです」

「課長、もうそのあたりで」

なおも詮索を続けたそうな角田を、右京が諫《いさ》める。

「あっ、この話、あちこちで言いふらさないでくださいね」

青木はひょいと頭を下げて頼むと、次の一手を打った。


警視庁の副総監室では、甲斐峯秋と衣笠藤治が顔を突き合わせていた。

「いきがかり上、少しばかり手を貸しただけでね。彼が特別、僕の息のかかった人間だというわけではないんだ。どうもそのあたり誤解しているんじゃないかと思ってね」

峯秋がソファから身を乗り出して相手の意向を探ると、衣笠はすぐさま否定した。

「いやいや、私は誤解なんかしてませんよ」

「お前さんがいちいち僕のすることを気に入らないのはわかってる。でもね、そのとばっちりで彼が不利益を被るのは、どうも理不尽な気がしてねえ」

「まるで私の差し金で、冠城亘なる人物が捜査部門へ行けなくなってるみたいな、そんな口ぶりですね」

「違うのかね?」

ずばりと切りこんだ峯秋に、衣笠は感情を表に出さずに弁明した。

「私は末端の人事にまで口を挟みません。あなたとは違う」

「どうだろうねえ?」峯秋が揉み手で提案する。「この際、特命係へ放りこんでおくの

「特命係……ああ、ご子息はたしか特命係にいらっしゃったんでしたよね。まさかあんなことになるとは、思いもよらなかったでしょう」

息子の不祥事をほのめかされた峯秋は、奥歯を強く嚙《か》みしめた。

特命係の小部屋では、右京と青木のチェス対戦が続いていた。盤を見つめて考えこむ右京に、悠然とサンドイッチを食べていた青木が思い出したように話しかけた。

「そうだ、杉下さん。人を呪い殺すって可能ですかね？」

「はい？」

チェス盤から視線を上げる右京に、青木がスマホを差し出した。前夜、警視庁の一階ロビーで撮影した来栖初恵の写真が表示されている。

「この女性なんですけどね……」

右京が写真に顔を近づけると、角田も黒縁眼鏡を押し上げて後ろからのぞきこんだ。

来栖初恵は小さなネイルサロンで働くネイリストだった。若い女性客のネイルを美しく整えて送り出すと、片隅のソファで順番を待っていた次の男性客に声をかけた。

「お待たせしました」

初恵と対面し、「よろしくどうぞ」とテーブルの上に両手を差し出したのは、右京だった。初恵は動じるようすもなく、軽く微笑んで迎えた。

「それじゃあ、右手から。ネイルは初めてですか？」

右京は左手をひっこめながらうなずいた。

「ええ。男が来てもいいものかと逡巡《しゅんじゅん》しましたが、思い切って」

「全然、構いませんよ。どういうふうにしましょうか？」

「なるべく時間をかけてお願いできますか？」

奇妙な依頼に、右京の右手の爪をアルコールで拭いていた初恵の手が止まる。

「え？」

「しばらくあなたとおしゃべりがしたいもので。来栖初恵さん」

右京がネイリストの目を見て、用件を述べた。

初恵はドアの外に「CLOSED」の札をかけると、右京の爪を磨きはじめた。しばらくしてから、右京が本題に入った。

「あなたが呪い殺したと主張なさっている宮田さんですが、三日前の未明、用水路で溺れ死んでいるところを発見されました。おそらくジョギング途中、宮田さんは一時的に心臓に変調をきたし、気絶状態のまま用水路に転落したのではないか。そういう判断のもと、宮田さんは事故死と断定されたようです」

初恵は手を休めることなく、「ええ」と小さくうなずく。

「しかし、実はあなたの呪いによってこの事故は引き起こされたと」

「そのとおりです。でも、相手にされませんでした」

「でしょうねえ」右京が深く同意した。

初恵は変わり者の刑事をちらっと見ると、「なのに、なんであなたはいらっしゃったんですか？」と訊いた。

「個人的な興味としか申し上げられませんが、少なくともあなたが罪の意識を感じ、罰を望んでいらっしゃるのをまったく無視してしまうことに疑問を感じました。それなりの検証が必要ではないだろうかと」

「検証……」

「さっそく、あなたが宮田さんを殺したいと思うに至った経緯《いきさつ》について、お聞きしたいところですが、それよりもまず確認したいことがひとつあります」

右京がフリーになっている左手の人差し指を掲げた。

「なんでしょう？」

「あなたが人を呪い殺したのは、宮田さんが初めてですか？」

右京の問いかけに、ここまで淡々と右京の爪を手入れしていた初恵の手が止まった。

顔を上げたネイリストに右京が一気に畳みかけた。

「初めてだった場合、それがあなたの呪いによるものだと、どうしてそこまで自信を持って主張できるのか。例えば、過去にあなたが複数回、人を呪い殺した経験があるのならば、今回のあなたの自信に満ちた主張にも納得がいくのですよ。つまり、あなたにとっては、呪った相手が何人か死んでいるという事実がある。だからこそ、自分の呪いは紛れもなく本物であると確信している。どうでしょうねえ？」

初恵は一瞬答えに窮しておどおどした態度になった。

その夜、亘はとあるカフェバーで青木と夕食をとりながら飲んでいた。

「ふ～ん。そりゃ、食いついただろ？　あの人、オカルトに目がないからね」

青木から説明を聞いた亘が、食事の手を止めて言った。

「ええ」

「呪いによる殺人か……」

興味を覚えたようすの亘に青木が訊いた。

「冠城さんは誰かを殺したいほど呪ったことありますか？」

「ないね」亘は即答した。「呪われたことならあるけど」

「えっ？」

青木がグラスを持ったまま目を瞠る。

「昔、付き合ってた女に『あんたに呪いをかけたから近いうち死ぬ』って言われた。ご丁寧にその彼女、丑《うし》の刻参りしてた」

青木はひとしきり笑って、「残念ながら効果なかったみたいですね。彼女が気の毒だな」と感想を述べる。

「まあ、そりゃそうだが……。お前こそ、誰かを殺したいほど呪ったことあるのか？」

亘が質問を返すと、青木は急に真面目な顔になった。

「あったとしても、僕は呪いなんて非科学的なものには頼りませんよ。もっと現実的かつ、確実な方法で、相手を完膚なきまでに叩きのめします。再起不能にしてやります」

虚空を睨《にら》みつけてしゃべりながら、皿の上のソーセージをナイフでこれでもかと言わんばかりに切り刻む青木の姿に、亘は背筋が寒くなったようだった。

「怖っ！　お前と付き合うの、やめとくわ」

「そんなこと言わないでくださいよ。警察学校の同期じゃありませんか。過去の経緯は水に流して、明るく有意義な未来を築きましょう」

青木は一転作り笑顔を浮かべ、乾杯のグラスを掲げる。ころころと表情の変わる不思議な同期生とグラスを合わせながら、亘は居心地の悪さを感じていた。

その青木は亘と別れたあと、独身寮の自室に戻って、少々飲みすぎたとため息をついた。デスク正面の壁にはコルクボードがあり、右京と亘の写真が貼ってあった。

青木は酔いの回った目で二枚の写真を見つめると、亘の両目にぶすりとピンを突き刺した。それが終わると、右京の眼鏡の上にもピンを立てた。

目を潰された右京と亘の写真を満足げに眺めた青木は、「楽しみに待ってろよ」とひとりごちた。

三

翌日の昼、右京が特命係の小部屋に入ると、先客の姿があった。亘がひとりでコンビニ弁当を食べていたのである。

「これはこれは、君でしたか」

特に驚いたそぶりも見せない右京に、亘が「お邪魔してます」と軽く頭を下げた。

「いいんですか？　こんなところで油を売っていて」

「昼休み、どこで過ごそうと俺の勝手じゃないですか」

右京は肯定も否定もせず、黙々と午前中に集めてきた三枚の新聞記事をホワイトボードに貼り出した。弁当を食べ終えた亘が、その記事をのぞきこむ。右京が赤いペンで囲った記事の見出しはこうなっていた。

――ジョギング中の男性　用水路で溺れ死亡

――神奈川県三浦市　港で釣り人溺死《できし》
――女子高生　崖から転落死
「どれも死亡事故の記事ですね」

見出しを一瞥《いちべつ》した亘が言うと、右京が「用水路で溺れ死亡」の記事を指さした。

「取り急ぎかき集めてみました。これが直近、四日前。そして、お隣が四年前」

右京が視線を「港で釣り人溺死」の記事に向けると、亘はもうひとつの「崖から転落死」の記事に注目した。

「これまた随分古いですねえ……」

「十三年前です」

「しかも、これだけ地方紙」

亘の指摘に、右京が即座に「青森の新聞です」と返した。

「で、なにゆえ、こんなスクラップを？」

「とぼけた顔をしていますが、見当はついているのではありませんかねえ」右京が苦笑する。「青木くんから情報が入っているのでは？　このところ、僕が暇を持て余していたという情報も、彼から君に入ったものでしょうし、であれば、今、僕がこうしている理由も、ある程度おわかりかと思いますがねえ。そもそも、お昼のお弁当にここを使うというのがわざとらしい」

右京らしい立て板に水の推理に、亘は小さく笑った。

「呪いの捜査ですか？」

「ええ。呪い殺したのはひとりではなく三人のようですよ」

右京が改めて三つの新聞記事を眺め渡したとき、部屋の内線電話が鳴った。外線電話が取り次がれたのだった。


電話をかけてきたのは梶原脩斗であった。梶原に呼び出された右京は、とあるカラオケボックスへと出向いた。部屋番号を確かめてドアを開けると、短髪の男が待ちかねていたように立ち上がった。

「杉下さんですか？　梶原です」

「杉下です」

「突然お呼び立てして、すみません」

梶原は丁寧にお辞儀をすると、さっそく用件に入った。梶原の用件は右京への抗議だった。それがわかったところで、右京は梶原のことばを反芻《はんすう》した。

「魂胆？」

「だって、そうじゃありませんか。曲がりなりにも警察が彼女の話を真に受けるなんて。なにか魂胆があるとしか思えません」

梶原の疑問に答えるべく、右京が語りはじめる。

「魂胆ですか……。魂胆ということならば、むしろそれを疑ったのは僕のほうだと思いますよ。人を呪い殺したと言って自首したところで、相手にされないのはわかりきったことです。そのわかりきったことを来栖初恵さんはなさった。そこにはなにか意図が、言い換えれば、魂胆があるのではないかと疑っても不思議はないと思いますがねえ……」

とうとうと語る刑事に梶原は圧倒されていたが、右京は構わずに続けた。

「いずれにしても、僕はそれをはっきりさせるために来栖さんに会いました。そして、強く感じました。にわかには信じがたいことですが、彼女は本当に人を呪い殺したと思いこんでいる。その罪の意識に苛《さいな》まれ、罰を受けたがっていると。むろん、単に気に病んでいるだけという考え方もできますが、僕はそんなふうに一刀両断、切り捨てる気にはなれないんですよ」ここでいったんことばを切った右京は梶原の目を見て訊いた。「ところであなたと来栖さんはどういうご関係ですか？　昨日の今日でこうして抗議にみえたところを見ると、相当、親しい間柄のようにお見受けしますが」

「彼女とは幼なじみです」

「なるほど。あなたも青森のご出身ですか？」

「ええ」

同意する梶原に右京が質問を投げかける。

「ならば、十三年前、女子高生が首刈峠《くびかりとうげ》を自転車で走行中、崖から転落して死亡した事故を覚えていらっしゃいますか？　亡くなったのは吉村雅美《よしむらまさみ》さん。来栖さんの同級生だそうです」

梶原は少し間をおいて、「僕が中学生のときでした」と答えた。

「当時、来栖さんは、あなたに呪い殺したというような話はなさいましたか？」

このとき、梶原の脳裏には、来栖家の土蔵で膝を抱えていた高校のセーラー服を着た初恵の姿が蘇《よみがえ》っていた。「シュウ……怖《こえ》よ……」と震える初恵を、当時はまだ中学二年生だった梶原は「平気だよ。ハツが悪いんでねえ。悪いのは吉村なんだ」と慰めたのだった。

「来栖さんによると、吉村雅美さんは当時、来栖さんを目の敵にしていたそうです」

右京はネイルサロンで聞いた話を引き合いに出した。初恵は右京にこう打ち明けたのだった。

――吉村さんが好きだった男の子があたしのことが好きで……。あたしは別にその子のことはどうも思ってなかったんですけど。一方的に恨みを買って、ことあるごとに嫌がらせをされました。

「彼女に非はありません」梶原が断じた。「悪いのは百パーセント、吉村でした」

「ええ。そして抗《あらが》う術《すべ》を持たない来栖さんは、吉村さんを呪うしかなかった」

初恵の気持ちを汲《く》む右京に、梶原は「そうです」と応じた。

「それにしても、来栖さんはもとよりあなたまで、当時、呪いによる殺人の成就をこれっぽっちも疑わなかったわけですね？」

「え？」

「まだ無邪気さの残る年頃とはいえ、中学生と高校生、すでに分別のある年頃です。呪い殺すなどという通常ではあり得ない状況を、なぜいとも簡単に受け入れられたのか。どうもそのあたりが釈然としませんねえ……」

右京の疑念に答えるように、梶原がぽつんとつぶやいた。

「それは……ばあちゃんがいたから」

「ばあちゃん？」

「来栖トヨ……来栖初恵の祖母です」

——掛けまくも畏《かしこ》き伊邪那岐《いざなぎ》の大神《おほかみ》……筑紫《つくし》の日向《ひむか》の橘の小戸《をど》の阿波岐原《あはぎはら》に……禊《みそ》ぎ祓《はら》へ給《たま》ひし時に生《な》り坐《ま》せる、祓へ戸の大神たち……諸々の禍事《まがごと》、罪《つみ》、穢《けが》れあらむをば……祓へ給ひ清め給へと白《まを》すことを、聞こし食《め》せと……恐《かしこ》み、恐み……。

このとき梶原の頭に、白装束で祭壇に向かって呪文のようなものを唱え祈るトヨの姿が浮かんでいることを、右京は知る由もなかった。

その夜、亘がトイレから広報課に戻ると、社美彌子が亘のデスクの前でファイルを広げて立っていた。

「なにか？」

内心の焦りを隠す亘に、美彌子は「なに、これ？」と訊いた。

「見てのとおりですけど」

亘が開き直る。

「三崎中央署から取り寄せた捜査資料ね」

「……ですね」

ファイルにはさんであった資料に記されている人物の名前を美彌子が読み上げる。

「津原繁喜《つはらしげき》……誰、これ？」

「海に転落して溺死した釣り人です」

「知り合い？」

「いいえ」

「ならば、どうして四年前の死亡事故の資料を取り寄せたりしたの？　あなたの仕事にどういう関係が？」

上司に詰め寄られ、亘が腹を決めた。

「実はですね、これ事故死に見えて本当のところ殺された可能性があるんです。それも、通常の殺しじゃない。呪詛《じゅそ》による殺人です。平たく言うと、呪い殺された。しかも、この他に二件あるんです。資料は未入手ですが」

懸命に言い募っても、美彌子は冷たい目で見つめるだけで、反応がなかった。亘は心の中で肩をすくめた。

「わかってます。馬鹿馬鹿しくて聞いてられませんよね」

「結果が出たら教えて」

美彌子の意外なひと言に、亘は思わず「ん？」と返してしまった。

「どうせ杉下さんの案件でしょう？　興味あるわ」

そう言いながら、美彌子が亘にファイルを返す。

「なんかの罠《わな》ですか？」

「確実に呪い殺したという証拠が挙がったら、レポートにまとめてわたしに提出すること。特に呪い殺す方法を具体的に詳しく。いいわね？」

「あの……それは業務命令……」

上司の意図を確認しようとする亘を、美彌子はぴしゃりと遮った。

「最優先事項」

立ち去ろうとする美彌子の背中に、亘が問いかける。

「呪い殺す方法なんか知ってどうするんです？」

「もちろん、ここぞというときに使うのよ」

美彌子は振り返ってそう答えると、今度は本当に立ち去っていった。しばしば想定外の言動を示す上司だと理解していた亘も、このときばかりは声を失った。

四

興味を持ったらとことん調べるというのが杉下右京の真骨頂である。なので過去の事件を調べ直すために青森まで足を延ばしたのも当然といえば当然だった。意外なのは首刈峠行きのバスの隣の座席に冠城亘が座っていることだったが、これも業務命令に従っただけと考えれば、別に不思議ではない。

その亘は山道を走るバスに揺られながら愚痴をこぼしていた。

「なんだかんだで俺のこと、持て余してるんですよ。無理やり押し付けられたようなもんだし、広報課にいたってたいして役に立つわけじゃないし……」

ところが右京は違う見解を披露した。

「案外、本当に興味をお持ちなのかもしれませんよ」

「呪いにですか？」

右京は亘に顔を近づけ、言った。

「前に男を殺すために毒薬について勉強したとおっしゃっていました。女に似合う殺人は、毒殺だと。実際、毒薬の知識は非常に豊富でした」

「冗談でしょ?」と亘が目を瞠った。

「もちろん、ご本人はそうおっしゃっていましたがね」

「いずれにしても、ルックスは申し分ないけど付き合ったら厄介なタイプですね」


新入りの部下にそんな風に評されているとも知らず、美彌子はデスクで郵便物の確認をしていた。なかに一通、ロシア語講座のDMが交じっているのに気づいた美彌子は、封を切って中身を取り出した。DMとともにロシア語の手書きのレターが入っていた。美彌子は黙読しながら、その文面を頭の中で日本語に翻訳した。

――すっかりご無沙汰してしまい申し訳ない。君も娘も元気そうだね。安心してくれ。僕はいつも君のそばにいる。

文末のY.A.の署名に目を落とした美彌子の口から、思わず「ヤロポロク……」というこ とばが漏れた。


首刈峠行きのバスの中では、亘がセーラー服姿の吉村雅美の写真を見ていた。

「陰湿な嫌がらせへの報復ですか……」

「で、こちらが第二の犠牲者」右京が中年男の写った二枚目の写真を亘に渡す。「こちらは君も捜査資料を取り寄せたんでしたねえ？」

「津原繁喜。ブリーダーですよね？」

「金儲《もう》けのために無理な繁殖を続けていた質《たち》の悪いブリーダーだったようですねえ」

「この人、来栖初恵になにをしたんです？」

亘の質問に、右京は「彼女になにかしたというよりも、このケースは一種の敵討ちだったようです」と答えた。

「敵討ち？」

右京が頭の中でネイルサロンで聞いた初恵のことばを再生する。

――津原から子犬を買ったんです。悪い評判はあとから知りました。結局、うちの子も腎臓に先天的な疾患を持っていて……。獣医さんから長くは生きられないだろうと言われたとおり、半年後に死にました。ささやかなお葬式を済ませて、あたしは津原のところへ行ったんです。とにかくひと言、文句を言ってやりたくて……。そしたら津原、なんて言ったと思います？　特別に代わりの子犬をやるから、つべこべ言うなって……。評判どおりでした。子犬たちのことを単なる物としか考えてないんです。あたし、悔しくて、悲しくって……。

右京はその話を亘に伝え、「それで津原繁喜を呪ったそうです」とまとめると、三枚目の写真を取り出した。

「そして、三件目がこちら。宮田太《ふとし》」

亘はスポーツマンらしい日焼けした精悍《せいかん》な男性の写真を受け取った。

「五日前、ジョギング中、用水路で溺れ死んだ人」

「来栖さんが通っていたスポーツジムのインストラクターです」

「どうして呪い殺されるはめに？」

「その点について、なかなかお話しいただけなかったんですがね」一瞬の間をおいて右京が告げた。「襲われたそうです」

「襲われた？　性的暴行を受けたってことですか？」

「ええ」右京が重々しくうなずく。

「警察へは？」

「届けていません」

「どうして？」

「宮田太がすぐさま雇った弁護士から相当のプレッシャーを受けていたようです。こちらは否認して徹底的に闘う。裁判になれば、女は致命的なダメージを受けるぞと」

説明を聞いた亘が初恵の行動を読んだ。

「でも、通常ならば泣き寝入りになるところを、来栖初恵は呪い殺すという報復に出た」

しかし、亘の読みは外れていた。

「いえ、彼女はもう二度と人を呪うまいと心に誓っていたそうです」

「ん？」

「すでにふたりも呪い殺してしまっている自分に恐れを抱き、良心の呵責《かしやく》に耐え切れなくなっていたからですよ」

再び右京の頭に初恵のことばが浮かぶ。

――人を呪わば穴ふたつ。そのことばをしっかり肝に銘じていたつもりでした。でも、駄目でした。呪うまいと思っても、思えば思うほど、あたしは宮田を呪っていました。

初恵の告白を右京から聞いた亘が言った。

「結局、宮田太は死んだ。またぞろ呪いが成就した」

右京が亘のことばを受ける。

「だから、彼女は警察へ自首したんです。相手にされないことは百も承知で。しかし、彼女にはそうするしかなかったんです」

初恵の心中の思いを想像し、亘はなにも言えなくなって口をつぐんだ。

来栖家は藁《わら》ぶき屋根の大きな古民家だった。右京と亘は広い敷地を横切って開けっ放しの玄関に回った。

「ごめんください」

亘が大声で呼んでも返事はなかった。土間に足を踏み入れて、もう一度、「ごめんください！」と呼んだが、誰も出てくる気配がない。

「留守ですかねえ？」

亘が首をかしげていると、屋敷の奥から老女が小股で現れた。

「どなただべ？」

警視庁の広報課の部屋では、青木が美彌子宛のラベルが貼られたロシア語講座のＤＭを手に、捜査結果を報告していた。

「都内東地区を中心に配布されたものだそうです。ただし、こういうふうに個別の宛名はなく、ランダムにポスト投函《とうかん》されたものです」

「あとから貼られたってことね？」

美彌子が封筒を取り上げて訊く。

「はい。配られたものに改めて宛名ラベルを付けて、送ってきたということですね。それとご指摘のとおり、いったん開封されていました。丁寧な仕事なのでぱっと見はわかりませんけど、たしかに封をし直した痕跡が。方法をご説明しますとですね……」

勢いこむ青木を、美彌子が制する。

「それはいいわ。ありがとう」

「お役に立ちましたか？」

青木が美彌子の顔色をうかがう。

「冠城から、調べ物ならあなたに任せれば速いし確実だって言われてたけど、本当ね。助かった」

「お近づきになれて光栄です」青木が右手を差し出す。「冠城さんから非常に美しく聡明な方だとお聞きしていましたが、想像以上でした」

美彌子は青木の手を握り返し、興味なさそうに「どうも」と応じた。


右京と亘は囲炉裏のある座敷に案内され、来栖トヨから話を聞いていた。

「まあ、ハツはあたしの孫だからなあ……」

そう語るトヨに、亘が確認する。

「呪い殺す力があると？」

「不思議はねえべ。血脈というやつだでな」

「ちなみに、おばあさんは人を呪い殺したことあるんですか？」

トヨはおずおずと問いかける亘を笑い飛ばした。

「数え切れねえ」

なおも愉快そうに笑うトヨに、右京が向き合った。

「初恵さんはあなたから受け継いだ血を持て余し、特殊な能力……あえて、ここではそう呼びますが、特殊な能力に恐れを抱いているようですよ」

「恐れるのは当然だ。なにもあたしたちが手を下してるわけでねえ。あたしたちは、ただ神にお願いするだけだ。すべては神様のなせる業だ。神を恐れぬことほどの傲慢《ごうまん》はねえ」

「なるほど」右京が相槌《あいづち》を打つ。

「とはいえ、持て余すハツの気持ちもわかる。あの子は子供の頃から気持ちの優しい子だから」

右京は小さくうなずき、話題を変えた。

「ところで、初恵さんと一緒に暮らしていらっしゃる梶原脩斗さんですが、随分、初恵さんに親身になってらっしゃるようですねえ」

「シュウか」トヨの顔が穏やかになる。「あれはいい奴だ。ふたりは姉弟《きょうだい》同然だからな」

「姉弟同然？」と右京。

「早くに両親を亡くして行くところのなかったシュウをうちが引き取って面倒を見た。ふたりは子供の頃から一緒に育ったんだ。シュウはハツを姉のように慕い、ハツはシュウを弟のようにかわいがった。今もその関係は続いてる」

「そういうことでしたか」

右京が納得すると、トヨが続けた。

「立場は弟でもシュウは男だ。いつの頃からか、優しく気の弱いハツを自分が守らねばならねえと思いはじめたんだな。ハツにとって、シュウは守り神のようなもんかもしれねえな」

「守り神……」

右京がトヨの放ったことばを嚙みしめた。


来栖家を辞したふたりは十三年前の捜査を担当した西村源助《にしむらげんすけ》と一緒に首刈峠を訪れた。いまは退官し、農業をやっているという。山道の大きなカーブのところで、西村が車を停めた。

「ここが転落の現場です」

亘がガードレール越しに谷底をのぞきこむ。

「ここから自転車ごと転落したわけですね？　でも、ガードレールはありますよね？　当時はなかった？」

「いやいや、ありました。ありましたが……その一週間ほど前に事故でガードレールが破損しましてね。で、応急処置としてロープが張ってあった状態でした」

「つまり、自転車が乗り越えられる？」

「スピード次第では十分に」西村が峠の頂上を指さした。「この峠の頂上からずーっとこれ、下り坂ですからね」

「すいません、下まで何メートルぐらいですか？」

亘の質問に、西村が方言混じりに答えた。

「十メートルぐらいはあるびょん」

「ここから下りられますかね？」

右京が谷底の渓流を眺めつつ訊くと、西村はこともなげに言った。

「下りる勇気があればの」

三人は急斜面を下り、渓流の脇に立った。そこで西村が語った吉村雅美の死因を、亘が訊き返す。

「溺死だったんですか？」

「そうです」

「転落死だとばかり……」

「転落時に、ほれ、打ちどころが悪くて気を失ったままうつぶせに、川に顔が浸かってしまったんですな。ですから、死因は溺死です」

力説する西村に、右京が理解を示した。

「なるほど」

「結局、三件とも溺死ってことですね」

亘がまとめると、右京は意味ありげにつぶやいた。

「溺れ死にのお好きな神様ですねえ」


美彌子が広報課の会議室で実家に電話をかけると、数回のコールのあとで母親が出た。

――はい、社でございます。なんだ……あんた。

「変なことを訊くようだけど、最近、なにか変わったことあった？」

――変わったこと？　別に。

「そう。ならいいの。マリアは？　そばにいる？」

ふだんどおりの母親の口ぶりに、美彌子はほっとしながら言った。

――お部屋で寝てる。

「こんな時間に？」

――なんか知らないけど、幼稚園でお友達とずっと駆けっこしてたんですって。疲れたんでしょう。

「適当に起こさないと、夜眠れなくなっちゃうわよ」

——わかってる。もうすぐお夕飯だから起こす。

「うん」

このとき会議室のドアがノックされた。美彌子は「ごめん。またかける」と電話を切って、ドアを開け、なにごともなかったかのように広報課員に訊いた。

「なに？」

青森から戻った右京と亘は、〈花の里〉に顔を出し、土産に買ってきた葉付きこかぶを月本幸子に渡した。

「わあ」幸子が顔を輝かせる。「ありがとうございます。日帰りで？」

「ええ」右京が笑顔で応じた。「旬のものです」

「ご一緒に？」

幸子がふたりの顔を交互に見て問うと、亘がうなずいた。

「ええ。どうぞ」

「せっかくですから、これを使ってなにか作りますね」

幸子はふたりの常連客に突き出しといつもの酒——右京には熱燗《あつかん》の日本酒、亘には白のグラスワイン——を供して、さっそくこかぶを料理しはじめた。

ワインをひと口飲んでから、亘が右京に話しかける。

「ひとつ確認しておきたいんですけど、一般論として、人を呪い殺すなんていうのは馬鹿げた話ですよね？」

「一般論としてはそうですねえ」

「ごく一部の人間以外、誰も信じません」

右京は「ええ」と応じ、猪口を口に運んだ。

「信じてる一部の人間だって、それがどういうメカニズムで人を殺すかは証明できない」

亘のことばを受けて、右京が語る。

「科学的に証明することはおそらく不可能でしょうから、それが間違いなく呪いによる殺人だと断定することはできませんねえ」

「となると、我々は今回の一件で、なにを調べ、どこへ向かおうとしてるんですかね？」

根本的な疑問を口にした亘に、右京は「わかりません」と答えたあと、「それがわかれば、この案件の八割は解決ですよ」と付け足した。

五

翌朝、亘は刑事部長室に呼び出された。部屋に入った亘を、参事官の中園照生《なかぞのてるお》が「久しぶりだな」と迎えた。

「久しぶりです」

亘が頭を下げると、中園が訊いた。

「仕事はどうだ？」

「はい、仕事は……してます」

「刻苦精励、打ちこんでいるか？」

中園がかまをかけるような口調になった。

「はい？」

戸惑う亘に、広いデスクの向こうにどっかり腰を下ろした刑事部長の内村完爾《うちむらかんじ》が苦虫を嚙み潰したような顔で問いかけた。

「冠城亘巡查。ならば、昨日はどこにいた？」椅子から立ち上がり、亘の正面へ移動する。「昨日はどこにいたと訊いてるんだ、冠城亘巡査」

亘が黙っていると、中園がいたぶるように迫った。

「広報課のお前が、よもや特命係の杉下右京とつるんで動いているようなことはあるまいな？」

「正直に言え」内村が声を荒らげた。「杉下といったい、なにをやってるんだ？　冠城亘巡査！　黙っていてはわからん。なぜ杉下と一緒にいる？」

「課長命令です」

亘の答えに、内村と中園は顔を見合わせた。

内村は亘のことばを確かめるため、さっそく広報課の社美彌子に電話した。

――ごくごく私的なことなので、内容については申し上げられません。ですが、わたしが命じたことはたしかです。

電話機のスピーカーから、美彌子のはきはきした声が流れてくる。

「つまり、君は私的な用事に部下を使っているということかね？　公私混同の極みだな」

内村がなじると、間髪《かんはつ》容れずに美彌子が反論した。

――おことばですが、刑事部長、冠城亘はそもそも警視庁には不要な人材です。もちろん広報課にとっても。どうせ使い道のない人間なんですから……。私用で使うくらい構わないじゃありませんか。もしもそのことでわたしを糾弾なさりたいのならば、刑事部で冠城を引き取ってください。

「ん？」

――そして、そちらでご満足のいくようお使いになればいかがでしょう？　不用品を押し付けられて、その上使い道まで指図されるのは、はっきり言って心外です。わたしの説明にご納得いただけないようなら総務部長にご相談ください。では、ごきげんよう。

美彌子は一方的にまくしたてると、電話を切ってしまった。

スピーカーから流れる音声を聞いていた亘が、「不用品ですか……」とつぶやく傍《かたわ》らで、内村がデスクを叩いて吐き捨てた。

「クソ生意気な女だ！」

「すいません、もういいですか？」

申し出た亘を、内村と中園が恨みがましく睨みつけた。


右京と亘は神奈川県三浦市の津原繁喜の溺死現場に来ていた。

「すっかり変わっちゃってますね」

捜査資料の写真と照らし合わせて、亘が嘆く。護岸工事が進んだのか、港の景観は一変していた。

「四年も経っていますからねえ」

「右京さん、ここで調べるのはなんか、無理な感じがしますね」

亘が結論付けようとしたとき、背後からおなじみの声が聞こえてきた。

「特命係の杉下警部〜」

警視庁広しといえども、こういう風に右京を茶化して呼ぶのは伊丹憲一しかいない。

「……殿」

そして律儀に先輩をフォローするのは芹沢慶二である。

伊丹は亘の前へ進み出ると、わざとらしく言った。

「お前は誰だ？　ああ、なんだ。この春、めでたく採用になった冠城……巡査じゃないか！」

「これはこれは、いた～み刑事、ご無沙汰してます」

亘も伊丹の口調をまねた。

「フン！　俺の記憶がたしかなら、冠城巡査は広報課に配属になったんじゃなかったか？　芹沢巡査部長」

「たしかそうでしたけど」芹沢は右京と亘に向けて、「妙な取り合わせですね。おふたりでなにを？」と訊いた。

亘が持っていた捜査資料を伊丹に差し出す。伊丹は資料をぱらぱらめくった。

「うーんと……ほう……津原繁喜。何者だ？」

顔をしかめて資料に目を落とす捜査一課の刑事を、亘がねぎらう。

「おふたりとも大変ですね。部長の差し金でしょう？」

「よろしければご一緒しませんか？　ご説明しますよ」

右京が持ちかけた。

海の見えるカフェに場所を移して、右京がここまでの経緯を説明すると、警視庁で来栖初恵の事情聴取をおこなった伊丹が目をむいた。

「あの女が三人も呪い殺してる？」

「ええ」亘が同意した。「高校生のときにひとり、四年前にもうひとり、さっきの現場で溺れ死んだ津原繁喜です。それから、六日前にもうひとり」

それは伊丹も知っていた。

「用水路で死んだ宮田太か」

「それぞれ来栖初恵にとって因縁のある人物です」

亘のことばを右京が補足した。

「来栖さんの話をじっくり聞いてみたところ、その事実が判明しました」

「得意げにおっしゃいますねえ」と伊丹。「じっくり話を聞かなかった我々への当てこすりですか？」

「とんでもない。あなた方になんらかの怠慢や落ち度があったなんて……言ってませんよ」

右京に皮肉を言われたと感じたのか、芹沢が弁明した。

「当たり前ですよ。呪い殺したなんて言われて、まともに取り合うわけないでしょ」

「ええ」右京が認めた。「ただし、ひとりならば。もしも、三人呪い殺したと言われて、事実、その三人が三人とも亡くなっていたとしたらどうでしょう？　あなた方も、それなりに興味を持つのではありませんかねえ？」

「三件とも事故死なんだよな？」

伊丹に質問の矛先を向けられた亘が含みのある言い方で答える。

「そのように処理されてますけど」

「ええっ、まさか事故じゃない？」

芹沢は半信半疑で伊丹に訊いた。

「まあ、呪い殺したっていうのを信じるならば、話は別だけどな。で、その三件の事故に関して改めて検証中ってわけですか？」

「そのつもりですがね、なにぶん一件目は十三年前のできごと。捜査資料もすでに廃棄されています。二件目は四年前ですが、おふたりもご覧になったとおり、現場がすっかり様変わりしてしまっています。なかなか容易ではありません」

右京が否定的な見解を述べると、芹沢が身を乗り出した。

「でも、三件目はまだ六日前。現場はホットでしょう」

「ええ。再検証は十分間に合うと思いますよ」

右京が捜査一課のふたりをそそのかした。

四人は宮田太の溺死現場である用水路へ向かった。現場は雑木林に沿った水路であり、住宅地から少し離れているために閑散としていた。

「車も人もほとんど通りませんね」

周囲を見渡す芹沢に、伊丹が同意した。

「うん……地元の人しか入ってこないような道だからな」

「これ、第一発見者は地元の人っすか？」

芹沢に訊かれ、右京が捜査資料に目を落とした。

「ええ。散歩中のご老人のようですねえ」

用水路に棒を突っこみ、深さを調べていた亘が考えを披露する。

「十分足が立ちますからね、意識があったなら、まず溺れることはなかったでしょう。事故だとすれば、相当不運だけど……。なんとなく一件目と似てませんか？　二段階になってる」

「たしかに」

右京は認めたが、伊丹は意味がわからなかったようだった。

「二段階って？」

右京が説明する。

「まず意識を失い、その状態のまま水に浸かって溺れ死んでしまう。そういう意味の二段階です」

「一件目もそうだったんですか？」

伊丹の質問に、右京は首刈峠で西村から聞いた話を要約して伝えた。

「崖から転落することで意識を失い、転落現場の渓流に顔が浸かって溺れ死にました」

「ふーん」伊丹は亘に近づくと、小声で訊いた。「おい、ところで課長命令なんだって？　狙いはなんだ？」

「さあ？　体のいい厄介払いですよ」

亘がとぼけると、芹沢がすり寄ってきて背中を小突いた。

「課長とは本当のところ、どうなの？」

「えっ？」

「課長と……ほら！」

にやにや笑って噂の真偽を確かめようとする芹沢に、亘が「ノーコメントです」と答えたとき、真剣に資料の写真を見ていた右京が突然声を上げた。

「靴ひもが緩んでますねえ。緩んでますよ、ほら」

右京が指摘するように、宮田のスニーカーの片方のひもがほどけかかっていた。

「これがなにか？」

戸惑いを隠せない伊丹に、右京はしゃあしゃあと答えた。

「さあ、見たままを申し上げただけです」さらに右京は亘に、「被害者《ガイシャ》の住まいはこの近所でしたね？」と訊いた。

「ええ」亘がうなずく。「歩いて十分もかからないと思います」

四人はそのまま宮田太のマンションへ移動した。

「今週末には引っ越し業者がみえて、部屋を明け渡してもらえることになってます。どうぞ」

用向きを聞いたマンションの管理人は、そう言いながら宮田が住んでいた部屋のドアを開けた。

「それじゃあ、終わりましたら声かけてください」と管理人が立ち去ると、伊丹、芹沢、亘の三人は部屋の中にずんずん入っていった。しかし、右京は玄関に残り、下駄箱の中の宮田の靴を調べはじめた。

しばらくして、亘が右京を呼びに来た。

「右京さん、奥に来ないんですか？ どうしました？」

右京が目を輝かせて説明する。

「結び方が違います。事故当日のスニーカーと、ここにあるスニーカーですよ。捜査資料の宮田太の靴ひもは無造作に蝶々結びされていました。しかし、ここにあるのは、どれもイアン結びです。いいですか？」右京は実演しながら、説明を続けた。「これが普通の蝶々結び。そして、これがイアン結び。イアン結びのほうがほどけづらいんですが、いずれにしても、普段、イアン結びをしている人が、なぜ事故当日だけ普通の蝶々結びだったのか……いささか気になりますねえ」


警視庁の特命係の小部屋に戻ったところで、亘が右京に質問をぶつけた。

「当日、本人ではなく誰か別の人物がひもを結んだとか？」

「そうかもしれませんねえ。しかし、なぜ？」

「うーん……」問い返されて亘が考えこんでいると、スマホの着信音が鳴った。「あっ、ちょっと、すいません」

電話をかけてきたのは、亘のかつての上司である法務事務次官の日下部彌彦《やひこ》だった。

「もしもし、ご無沙汰してます」

――元気でやってるか？

「バリバリやってますよ。あからさまな不用品扱いを物ともせず、日々楽しんでおります」

――そうか。それはなによりだ。

「どうしたんです、急に？」

――久しぶりにお前の声を聞きたくなった。

「気持ち悪いこと言わないでくださいよ」

――近々、会えないか？　時間を作ってくれ。

「スケジュールを確認して連絡します」

――そうか。わかった。

「では、改めて」

通話を終えた亘のもとへ、右京が近づいてきた。

「君は広報課で、あからさまに不用品扱いされているんですか？」

「ああ……」亘がわざと泣くまねをしてみせた。「これでも、相当へこんでるのを強がってるんですから、もう二度と言わないでくださいね」

そのとき、法務省の日下部の部屋には、来客があった。いつぞや、美彌子と亘が食事をしているのを遠くから見つめていた、あの男――坊谷《ぼうや》一樹《かずき》だった。

「いずれにしても、直接会って話をしてみる」

日下部がそう言うと、坊谷は「信用できますか？　今は警視庁の人間でしょう」と不安を口にした。

「大丈夫だ」と日下部が請け合った。

伊丹と芹沢も特命係の小部屋を訪れ、ホワイトボードに貼られた三件の溺死記事を眺めていた。亘が来栖トヨから聞いた話を伝えると、伊丹が敏感に反応した。

「数え切れないほど殺した？」

「そう言って笑ってました」と亘。

「来栖初恵はとんだおばあちゃんの孫娘ってことか」

芹沢のことばに、伊丹が「だな」と応じた。

右京は自分の席でなにやらじっと考えこんでいた。そんな右京に亘が声をかける。

「靴ひもですか？」

「気になりませんか？」

「気になりますけどね」

右京が自分の考えを話しはじめた。

「考えましたが、僕も君の意見に一票です。誰か別の人物が靴ひもを結んだ」

「なぜです？」亘が訊く。「そこが問題でしょう」

「そのとき、被害者の宮田太は靴ひもを結べる状態になかったというのはいかがでしょう？」

「靴ひもを結べる状態になかった……」

復唱する亘に、右京が結論を述べた。

「つまり、そのとき宮田太はすでに死んでいた。死人に靴ひもは結べませんからねえ」

右京の大胆な推理を耳にした伊丹がすぐに詰め寄った。

「それってどういうことですか？」

右京は立ち上がると、背中で手を組んで部屋の中を歩き出した。

「実は三件の死亡事故がすべて溺死であることがずっと気になっていたのですがね。考えてみると、溺死ほど死因が明快であり、なおかつ、死亡した場所の特定が確実になされるものはありません。飲みこんだ水の成分を調べれば一発です」

「ええ」芹沢が同意し、右京に先を促す。

「一方で、水は持ち運びが可能。つまり、死亡した場所を容易にごまかせるという側面を持っています」

亘が右京の言いたいことを先回りした。

「宮田太はあの用水路で死んだんじゃないってことですね」

「ジョギングの途中に用水路で死んだのであれば、誰か別人が靴ひもを結ぶ必要はありません。ジョギング以前に死んでいたからこそ、別人が、ひもを結ぶ必要があったのですよ」

伊丹が唖然《あぜん》とした顔になった。

「ジョギング以前って……部屋で死んだってことですか？」

右京が推理を続ける。

「極端な話、洗面器一杯の用水路の水があれば、部屋でも溺死させられます。それに、死亡してからあまり時間が経つのは具合が悪いでしょうから、おそらく日課のジョギングの直前にあの部屋で溺死させられ、何者かに靴を履かせられて、用水路まで運ばれたのではありませんかねえ」

「あの部屋、調べられませんかね？」

推理を聞いた亘が伊丹に持ちかけた。

「なに？」

「なんの疑いもなく事故と断定された案件だから、部屋なんか手付かずでしょ。調べてみる価値あるんじゃありません？　なんか不審な点が出れば……」

伊丹が亘の発言を遮る。

「鑑識動員しろってか？」

「ええ」

「無理だよ」芹沢が難色を示す。「ほとんど想像じゃ鑑識に頼めないよ」

亘は簡単には引き下がらなかった。

「でも、今週末にはあの部屋引き払われちゃうんですよ。そしたらなにもかもパー！」

「捜索してなにも出なかったらどうする？　誰がどう責任取るんだ？　無理やり動かす

っていうのはそういうことだ」

詰め寄る伊丹に、亘は「責任は自分が取ります」と啖呵《たんか》を切ったが、それは伊丹と芹沢の失笑を買っただけだった。

「お前に責任を負うほどの価値はない」

そう言い残して伊丹が去ると、芹沢も「とりあえず、今の自分の立場わきまえようか。ね？」と亘の肩を叩いて先輩刑事を追った。


右京はひとりで初恵の部屋を訪れた。

リビングの棚の上には、初恵が梶原やトヨと一緒に写った写真が何枚か飾ってあった。それを眺めていると、初恵がお茶を運んできた。

「突然お邪魔して、すみませんね」

「いえ、構いません」初恵がテーブルにお茶を置き、「どうぞ」と着席を促した。

「で、ちょっとしたご報告って？」

「実は宮田太の事故死なんですが、少々疑問点が浮上しまして、細かいご説明はここでは控えますが、早い話、事故に見せかけた殺人だったのではないかと」

突然の話に驚く初恵をそのままほったらかして、右京が一方的に続けた。

「むろん殺人といっても我々の手の出しようがない呪い殺したという類《たぐ》いのものではな

く、むしろ我々の専門分野である殺人です。おばあさん譲りの特殊な能力を信じて疑わないあなたが、僕のこのご報告をどうお感じになるのか、正直、見当もつかないのですが、少なくとも三件目については、あなたの呪いが作用したのではない可能性が出てきたわけですよ。一件目、二件目についてはわかりません。ですが、三件目が、そうであるならば……前の二件も疑ってみるというのが我々の性《さが》のようなものでして、つまり、場合によってはあなたの特殊な能力を全否定することにもなりかねない」

ここでようやく初恵が口を開いた。

「全否定してもらえるならば幸いです。あたしは忌まわしい呪いの力なんて、欲しくありませんから。でも、そうなると……」

「ええ。あなたの呪いが成就したかのごとく事故を装い、殺人を犯した人間が存在するということになりますねえ。それはそれで、あなたにとっては受け入れがたい事実でしょう」

右京のことばに、初恵が顔を曇らせた。そのとき、「ただいま」と梶原が帰ってきた。「おかえり」と迎える初恵に続いて、右京が「どうも、お邪魔しています」と挨拶した。

「あなたでしたか」

梶原は寝室へ入って部屋着に着替えはじめた。

右京が梶原にも聞こえるように、寝室のほうに向かって声量を大きくして語る。

「ああ、先日、トヨさんにお目にかかってきましたよ」

「わざわざ青森まで……。それはお疲れさまでした」

「愉快なおばあさまですねえ」

　初恵が右京に尋ねた。

「どうしてばあちゃんに？」

「主目的は一件目の事故現場を見ることでした。しかし、せっかくですからご挨拶ぐらいと思いまして、おばあさまにも……」

「そうですか」

　初恵がうなずいたところへ、着替えを終えた梶原が入ってきた。

「で、ご用件は？」

　梶原の質問に答えたのは初恵だった。

「宮田さん、誰かに殺されたのかもしれないって」

「えっ？」

「事故死に疑問が出てきました」

　右京が言い添えると、梶原が着席した。

「どういうことですか？」

「調べている途中なので詳細は申し上げられませんが、初恵さんの主張するように呪いによって死に至ったのではなく、また、あなたがおっしゃっていたように天罰を受けたわけでもなく、宮田太は何者かに殺害されたのではないかと」

「まさか……」

右京が梶原のことば尻をとらえる。

「まさか、ですか？」

「はっ？」

「僕にしてみたら、人の死というものが呪いや天罰によって起こっていることのほうが、よっぽどまさかですがねえ……。偽装された殺人というほうが、ずっと腑《ふ》に落ちますよ、ええ」

右京はそう語り、ひとりで深くうなずいた。

右京が帰ったあと、梶原は湯船に浸かって、ずっと昔、トヨから言い含められたことばを思い起こしていた。

——シュウ。おめえがハツを守ってやれ。この先ずっとだぞ。薄々気づいてるかもしれんが、それがおめえの生まれ持った役目だ。

梶原の目に決然とした意志の火が灯った。

六

伊丹と芹沢は鑑識課の捜査員を引き連れて、宮田の部屋を訪れた。

「手っ取り早く頼む」

伊丹の要望を聞いて、鑑識課の益子桑栄《ましこそうえい》が部屋をぐるりと見回した。

「まあ、一応やってはみるが……」

「恩に着るよ」

伊丹が礼を述べても、益子はぶっきらぼうに返した。

「お前ら、邪魔だから出ていけ」

前任者の米沢守《よねざわまもる》との違いに、伊丹は苦笑を禁じ得なかった。

「ベランダでいいか？」

「俺の視界から消えてくれりゃあいい」

益子に追い払われたふたりは、鑑識作業が終わるまで、ベランダで待っていた。

「なにか出ますかねえ……」

期待半分で口にする芹沢に、伊丹は本音を語った。

「こうなったら立件しねえと気が済まねえ。そもそも呪い殺すなんて、あるわけねえし」

しばらくして、益子が渋い顔をしてベランダに現れた。

「指紋が採取できない」

「はあ?」伊丹が耳を疑う。

「ひとつもだ」

「どういうことですか?」

芹沢の問いかけに、益子がため息で応じる。

「どういうことかこっちが訊きたいぐらいだ。とりあえず、玄関回り、バスルーム、洗面所で採取を試みたが、指紋はひとつも出ない。今、別のところで採取してるが……。さて、どうなることやら」


右京と亘は特命係の小部屋で、事件のことを話し合っていた。

「守り神ね……」亘が来栖トヨのことばを引いた。「こう言っちゃなんだけど、梶原脩斗は守り神の役目を果たしてませんよね。だって、来栖初恵は宮田太にひどい目に遭わされたわけでしょ?　そういうのを未然に防いでこそ、守り神じゃないですか」

「厳密に考えればそうかもしれませんが、あくまでも守り神は比喩表現。彼が神のごとく万能ということではありませんからねえ」

右京が見解を示すと、亘が一歩踏みこんだ。

「例えば、敵を討つなんてのも守り神の役目でしょうかね？」

「はい？」

「ひどい目に遭わされた彼女に代わって敵を討つ……。となると、宮田太を殺したのは、梶原脩斗って線も出てきます。宮田太だけじゃなくて、その前の二件も梶原脩斗の仕業って可能性もある。来栖初恵にばあちゃん譲りの呪い殺す力があるっていうのを利用して、実は彼女に代わって相手を始末していた。あり得るでしょう」

亘の推理を右京が認めた。

「たしかに、一連の事故が何者かによる殺人であると仮定すれば、梶原脩斗の存在は無視できませんねえ」

そこへ青木がずかずかと入ってきた。

「どうも、おそろいで。お疲れさまです」

弁当箱を手にした青木を見て、亘が腕時計を確認した。

「あれ？　もう昼か」

青木は右京に断るでもなく、空き机の前に腰かけて、弁当を広げる。

「ゆうべの余り物、詰めてきました。わびしいですよね、いい年した独身男子は」青木は自家製の弁当を口にしながら、チェス盤を示して右京に言った。「続きしますか？」

「残念ながら、今日はお相手している暇はありません」

「そうですか。そりゃ残念」青木はことばとは裏腹にさほど残念そうでもなく、今度は亘に話しかけた。「あっ、冠城さん、例の宮田太の住居って、三鷹市の〈アークパレス三鷹〉ですよね？」

「そうだけど……」

「今朝から現場に鑑識が入ってますよ」

「えっ？」

「鑑識課の益子巡査部長が、責任者で出動してます。ごく少人数編成みたいですけど」

　伊丹と芹沢、それに益子を責任者とした鑑識チームは警視庁の地下駐車場に戻ってきたところだった。

「それじゃあ、あとの分析も大至急頼む」

　伊丹の要請に、益子は「できる限り早くやるよ」と答えて去っていった。代わって現れたのは右京と亘だった。

「これは、これは……お出迎えとは恐れ入りますねえ」

　冗談めかす伊丹の前で、亘が腕を組む。

「抜け駆けはひどいんじゃありませんか？」

「これから言おうと思ってたんだよ」

「ならば、お聞きしましょうか」

亘のことばに、珍しく伊丹が従った。

「今のは益子っていって、俺の同期。そのよしみで、ちょいと調べを手伝ってもらったんだ。大々的に鑑識を動員できる状況じゃねえからな」

「結果はいつ出ます？」

「出たら連絡するから待ってろ。行くぞ」

伊丹は芹沢を促して、捜査一課のフロアに戻った。フロアでは中園が待ち構えていた。伊丹がさっそく報告する。

「そういうわけで、今のところ殺しがあったという証拠はなにもありませんが……」

ことばを濁す伊丹に代わって、中園が言った。

「痕跡が消されているのがむしろ証拠だな……」

「そう思います。あまりに不自然です」

このとき伊丹と同じ報告を、芹沢が特命係の小部屋にいる亘にこっそりスマホでしていた。将来出世するかもしれない亘に、今のうちに恩を売っておこうと考えたのだった。

「えっ！」それを聞いた亘が声を裏返す。「指紋がひとつも出なかった？　たったひとつも？」

——あとは分析待ちで、今のところはそれだけだけど、誰かが部屋中の痕跡を消した可能性がある。はい、それじゃあ。

芹沢からの情報を亘が伝えたとたん、右京が考えを整理して要点を示した。

「犯行の直後に痕跡を消したのだとしたら、指紋がひとつも出ないということはあり得ない」

「ええ。昨日、我々が部屋に行ったとき、玄関のドアノブを管理人が触ってます」亘が右京の趣旨を正確に悟る。「つまり、昨日、我々が部屋を訪れたあとに痕跡が消し去られた」

「そういう結論になりますねえ」

「いったい、誰が……」

梶原脩斗は宅配便の配送センターで働いていた。右京と亘は昼休みを告げるチャイムとともに倉庫の外に出てきた梶原を捕まえ、近くの公園にいざなった。

「あなた方を監視していた？」

右京の説明を聞いた梶原が訊き返す。

「そうでもないとあのタイミングで……つまり、我々が宮田太の部屋を訪れたあとで、部屋をすっかりきれいにしてしまうなんて芸当はできませんよ」

右京が答えると、梶原は首を横に振った。

「僕は勤め人ですよ? あなた方を監視するなんてできるはずないでしょう。なんなら出勤簿を確認してくださって構いません」

亘が前に出る。

「なにもあなたが監視していただなんて言ってませんよ」

「えっ?」

「そんなの不可能なことぐらいわかります」

亘のことばを受けて、右京が推理を語る。

「監視していたのは、トヨさんではありませんかねえ。あの方ならば自由が利きます。実は青森のお宅に電話しているのですが、お出にならないんですよ。トヨさんは、携帯などはお持ちにならないんでしょうかねえ? いずれにしても、あなたならば連絡が取れるのではないかと思い、こうして訪ねてきた次第です」

「連絡取ってもらえませんか?」亘が梶原に迫った。「ぜひお話ししたいので」

「ばあちゃんは関係ありませんよ」

その場から去ろうとする梶原の前に右京が立ちふさがった。

「そうでしょうかねえ……。考えてみてください。我々のように警察手帳という切り札を持たないで、赤の他人の部屋に入るのはかなり困難ですよ。こっそりどこかから忍びこむにしても、あそこは九階。よほどのプロでもない限り無理でしょうし、今朝入った鑑識もそのような痕跡は発見していないようです。となると、管理人を通してドアを開けてもらうしかありません。しかし、たとえあなたが管理人に頼んでも、やすやすとは開けてもらえないでしょうねえ。家族、あるいは親族である証拠を求められますよ。当然ですねえ。しかし」と、右京が左手の人差し指を立てた。「トヨさんならば、そのハードルを辛うじて飛び越えられる可能性がある。はるばる青森から不慮の事故で亡くなった孫の部屋を訪ねてきたということで情に訴えるわけですよ。腰の曲がった老婆の訴えをむげに拒絶するのは、言うほど簡単ではありませんよ」

梶原が押し黙っていると、亘のスマホの着信音が鳴った。相手は芹沢だった。

「もしもし」

——確認取れた。おおよそ、そっちの想像どおり。

「了解です。どうもでした」亘がスマホを切って、梶原に言った。「今、確認取れました。我々が部屋を訪ねたあと、宮田太の祖母を名乗る老婆が現れたと」

青ざめる梶原を右京が告発する。

「我々の動向が気になったあなたは、トヨさんに我々の監視を頼んだ。トヨさんは上京して我々の監視を続けた。やがて我々が宮田太の部屋に入ったという連絡を受けた。まさか我々が宮田太の部屋まで入ると思っていなかったあなたは、慌てて部屋をきれいにするようにトヨさんに頼んだ。さて……なぜそんなまねをしたのか。それは紛れもなくあの部屋に用水路で事故死したとされる宮田太殺害の痕跡と、その犯人を示す証拠が残されていたからですよ」

梶原は頭を抱え、その場にへたりこんだ。そのようすを来栖トヨが遠くから見ていることには、さしもの右京も気づかなかった。

トヨはその足で初恵の働くネイルサロンへ向かった。よもやトヨが上京しているとは思わなかった初恵は、いきなり店に現れた祖母の顔を見て、おおいに驚いた。

警視庁に連行された梶原脩斗は、伊丹と芹沢の取り調べに素直に応じた。

梶原は、日課であるジョギングに出かける前の宮田を訪問し、スタンガンで気絶させて、持ちこんだ用水路の水を使って溺死させたと自供した。

「そうやって偽装工作を施して、遺体を用水路に遺棄したわけか？」

確認する伊丹に、梶原は「はい」と認めた。

「部屋から現場まで、遺体をどうやって運んだの？」

芹沢が質問すると、梶原は「キャリーバッグに詰めて運びました」と答えた。ポリ袋に詰めた用水路の水もそのキャリーバッグで運んできたのだった。

その頃、トヨは初恵に真相を語っていた。

「宮田さんを殺したのはシュウだっていうの？」

初恵も薄々感づいていたらしく、淡々と受け止めた。

「そうだ……」

「あたしが呪い殺したんじゃないってこと？」

念を押すように初恵がトヨに訊く。

「おめえの理性が勝っておったんだべ。もう人を呪うまいと、おめえは必死で気持ちを抑えこんでたはずだ」

「しても、呪った！」

自分を責める孫娘にトヨがこんこんと語る。

「人の命を奪うほどのパワーはなかった。ところが、おめえ以上に宮田を呪った人間がいた。それがシュウだ。気持ちはわかる。宮田はおめえにひどいことをしたばかりか、その罪を償おうともせずのうのうと生きてたんだからな。しょせんは人のしたことだ。証拠が残る。神の仕業をまねようなんて愚かな奴だ」

祖母の話を聞いても、初恵は自分を責め続けていた。

七

初恵と梶原の部屋に捜査が入った。梶原の話に出てきたキャリーバッグは押し入れから簡単に見つかった。中には水を運んだポリ袋とスタンガンも入っていた。

「指紋その他、できるだけの痕跡を調べてくれ。早急にな」

伊丹の要請を受け、若い鑑識捜査員が「はい」と答え、証拠物を押収する。

「供述どおり、梶原脩斗による宮田太殺害が濃厚ですね」

芹沢のことばに伊丹が「ああ」と答えたとき、伊丹のスマホが振動した。

「俺だ」

相手は益子だった。

――指紋以外の結果を伝えるぞ。排水管に残ってた水だが……水道水のみだ。用水路の水はまったく検出されなかった。それから収集した部屋のちりだが、ハウスクリーニングでもした直後のようにきれいなもんだよ。

「わかった。ありがとう」伊丹は電話を切ると、捜査に立ち会っていた右京に伝えた。

「宮田の部屋の残りの鑑識結果ですよ。ハウスクリーニングの直後のようにきれいだったそうです。梶原脩斗に頼まれて、ばあさん念には念を入れて、部屋中掃除したみたいですね」

「そうですか」

右京は浮かない顔でうなずいた。

部屋に帰れなくなった初恵はトヨとともに、古風な旅館に宿をとった。ずっと悲しげな顔の初恵を励まそうと、トヨが言った。

「大丈夫だ。落ち着けば面会もできる」

「シュウは刑務所に行くのね」

「人を殺したからな」

「あたしだって殺したのに……」

なおも自分を責める初恵に、トヨが説く。

「あたしだって殺した。でも、行かねえ。そういうことだ」

梶原が勾留されている留置場を右京と亘が訪れた。困惑する梶原に、右京が面会の理由を述べた。

「実は、ひとつふたつ確認したいことがありまして」

「確認？」梶原がおどおどと応じる。

「先ほど供述どおり、あなた方の部屋から犯行時に使用されたと思《おぼ》しきスタンガンとキャリーバッグが発見されました」右京が人差し指を立てた。「ここでひとつ確認。どうしてわざわざ証拠となるようなスタンガンとキャリーバッグを保管していたのでしょう？　そこがどうも釈然としないんですよ」

　黙ったままの梶原に、次は亘が迫った。

「だって、犯行現場である宮田太の部屋はあらゆる痕跡を消し去るべく、それこそ部屋中きれいにしたじゃないですか。そこまでしたなら、スタンガンとキャリーバッグ、処分してもおかしくないですよね。それともなにか意図があって保管してたんですかね？」

　ようやく梶原が口を開いた。

「完璧なんてあり得ない。うっかりしていたんです。いずれ処分しようと思ってしまいこんでいたことをすっかり忘れてました。今日、取り調べを受けてて思い出したんです」

「なるほど」

　そう応じた右京に、梶原はほっとしたようすで「納得してくれましたか」と確認した。ところが右京の答えは梶原の予想外のものだった。

「いいえ、まったく。僕の解釈では、スタンガンとキャリーバッグは一種の切り札なんですよ。あなたが宮田太殺害の犯人になるための……」

「宮田を殺したのは僕です！」

梶原が訴えても、右京は取り合おうとはしなかった。

「いいえ。あなたがそう言い張ろうと、それなりの証拠がなければ犯人にはなれませんからねえ。スタンガンとキャリーバッグはそのために準備されたのですよ」

亘が補足する。

「身代わりで犯人になることも、ある意味、守り神の役目を果たしたと言えますかね」

「なにを言ってるのか、さっぱり……」

梶原は否定しようとしたが、右京がそれを認めなかった。

「いずれにせよ、あなたは到底犯人にはなれませんよ。もしもあなたが犯人ならば、宮田太の部屋を隅から隅まできれいにする必要はなかったはずだからです。痕跡を消すというならば、犯行時、自分が立ち入った場所だけをきれいにすれば済む。しかし犯行時、あなたは犯行現場にいたわけではないので、どこに犯人の痕跡が残っているのかわからなかった。そこで、部屋という部屋をすべてきれいにしてしまうという過剰なまねをせざるを得なかった。あなたは犯人ではありません。同じ理由でトヨさんも犯人たり得ない。となると……」

右京のことばに、梶原ががっくりとうつむいた。

旅館の大浴場で湯船に浸かりながら、初恵は自らの両手を見つめていた。

「やっぱり実感があるの、この手……」

それは用水路の水を満たした洗面器に宮田の頭を押し付けたときの感触だった。

一緒に湯に浸かっていた孫娘をトヨが慰める。

「おめえは感受性の強い子だからな」

「錯覚なの？」

「呪い殺したという罪の意識が作り上げた幻覚だ」

いくら祖母から言われても、初恵の両手の感触は消えてなくなりはしなかった。

そのとき特命係の小部屋では、亘が右京に質問していた。

「彼女が実際に殺していたとすると、呪い殺したっていうのは嘘をついていたってことですよね？」

「嘘で片付けてしまうのはどうでしょうねえ。少なくとも、呪い殺したというのは彼女にとっては真実なのだと思いますよ」

右京の考えが、亘はいまひとつ腑に落ちなかった。

「どういうことです？」

「残念ながら現時点では、僕も明快には説明できませんが……」

珍しく右京がことばを濁した。

八

翌日、初恵はネイルサロンに出勤した。しかし雨のせいか客足が鈍く、暇を持て余した初恵は昨夜の祖母のことばを思い出したりしてぼうっとしていた。

と、そこへ小太りの中年男性が入ってきた。

「どうも。ご無沙汰」

里崎森《さとざきしん》という この男、初恵にとって疫病神のような人物だった。暴行を働いた宮田が、自己保身のために雇い入れた悪徳弁護士だったのである。

里崎はすすめられもしないのに待合室の椅子に腰かけると、湿気で曇った眼鏡を拭きながら、勝手に話しはじめた。

「いやあ、宮田太が死んだでしょう。びっくりしました。天罰ですかな？　それで、あなたを思い出しましてね」

初恵が里崎に忌まわしげな視線を向ける。

「あたしになんの用ですか？」

「いやあ今ね、弁護士も過当競争の時代でしてね、うちも資金繰りに四苦八苦してる状態なんですよ。単刀直入に申し上げますと、少々ご融資願えないかと」

「はっ？」

「一千万ほどお願いできると、ありがたいのですが」

里崎がねちっこい声で迫った。

「なにをおっしゃってるんですか？　なんであたしが……」

「私の助言により告訴を踏みとどまったおかげで、あなたの不名誉は公にならずに済んだ。多少は感謝されてもいいように思うのですがねえ」

身勝手な論理を振りかざす悪徳弁護士に、初恵が抵抗する。

「あたしを脅したんじゃないですか」

「そんなふうに取られるのは心外ですが。まあ、いずれにしても、あなたの不名誉は表沙汰になっていません。恥ずかしい秘密が公にならずに守られているのはなによりじゃありませんか」

「帰ってください」

里崎は冷笑を浮かべると、ポケットからスキットルを取り出し、ウイスキーをラッパ飲みした。

「お金を融通願えませんか？」

「そんな大金ありません」

「青森にご実家があるでしょ？　土地も。もちろん、くれと言ってるんじゃありませんよ。お借りしたいんです。いやね、金回りが悪くなった途端、長年連れ添った女房も子供と一緒に家を出ちまいまして、今はわびしいひとり住まい。どうか悲しい中年男を助けると思って……」

「帰ってください！」

初恵が精一杯大きな声を出すと、里崎は名刺を取り出し、テーブルの上に置いた。

「そうですか……。まあ、もし気が変わったらご一報ください」


初恵はその夜も旅館に泊まったが、夕食のときも心ここにあらずという状態だった。そのようすを心配したトヨが声をかけた。

「どうかしたか？」

「えっ？」

「思い詰めた顔してら」

「ううん。シュウはどうしてるべと思って」

「心配いらね。メシも食えれば、クソもできる。もはやなるようにしかならねえんだ」

「うん……」

食事の間はまだよかったが、いざ寝ようとすると初恵の脳裏に里崎のねちっこい声が蘇ってきた。

「ばあちゃん」

眠りの浅いトヨはその声で目を覚ました。

「うん？」

悩んだ末にひとりで抱えているのは無理だと判断した初恵は、祖母に打ち明けることにした。

「今日ね……あの弁護士が来たの」

ひとしきり話を聞いたトヨが上半身を起こして助言した。

「そんなもん取り合うな。ほっとけばいい」

「そうすれば、秘密を暴露される、きっと」

「単なる脅しだ」

トヨのことばは今の初恵には効かなかった。

「ひどい人だ……。許せねえ」

「呪ったりするな」

「わかってる」

「シュウはいいねえが、あたしがなんとかする。ゆめゆめ呪ったりするなよ。いいな？」

トヨが嚙んで含めるように諭した。

　翌朝、予想外の事態が起こった。ふたりの宿泊していた旅館に伊丹と芹沢が訪れ、トヨを連行しようとしたのだ。

「あたしがか？」

　事情を呑みこめないトヨに、芹沢が腰を折る。

「ええ。ご同行願えないかと」

「警察のご厄介になるようなことはなんもしてねえが……」

「住居侵入」伊丹が説明した。「管理人を騙《だま》して宮田太の部屋に入ったでしょう？　立派な犯罪ですよ」

「ならば、ハツも一緒に行く」

「それは無理ですねえ。初恵さんには、特に容疑はかかってませんから」

　諌める伊丹に、トヨが言った。

「なら、あたしも行がねえ」

「わがまま言わないでくださいよ〜」

　芹沢が困り切った声を出すのを聞き、初恵が身を乗り出した。

「ばあちゃん、あたしは平気だから」

「ハツ……」

　トヨが慈しむような眼差しを孫娘に向けた。

トヨが連行され、ひとりになった初恵は、里崎が残していった名刺をじっと見つめるうちに、衝《つ》き動かされるように住宅街のはずれの公園へと足を向けていた。そして、ポリ袋に沼の水を汲むと、それをキャリーバッグに入れて、名刺に記載された里崎の家へと向かった。

初恵はスタンガンを手にし、憑《つ》かれたような表情で里崎の家のチャイムを押した。しばらくするとドアが開いた。

出てきたのは里崎ではなく亘だった。亘は呆気《あっけ》にとられる初恵をすばやく確保して、リビングまで連れていった。

「お待ちしていました」

リビングには右京が待っていた。後ろには伊丹と芹沢の姿もあった。

右京が初恵のキャリーバッグを開けると、水の入ったポリ袋とウイスキーのボトルが出てきた。

「あの沼の水ですね？」

右京がポリ袋を掲げたが、初恵は放心したようすで返事もできないようだった。亘が初恵の虚《うつ》ろな目の前に、スマホを差し出した。沼の水を汲む初恵が画面に映っていた。

「あなたがすくってるところ、ちゃんと押さえてあります」

「酔って足を踏み外し、沼で溺死。今回はそういうストーリーでしょうかねえ」右京が種明かしをはじめる。「もうおわかりでしょうが、ここは里崎弁護士の部屋ではありません。あなたをおびき出すために、急遽《きゅうきょ》用意した部屋です。真犯人はあなただと確信したもののそれを立証する証拠がなく、実はお手上げ状態でした。宮田の部屋はすべての痕跡を消されてしまっています。過去の犯行を検証しようにも、津原繁喜のケースは犯行現場が様変わりし、当然、津原の自宅も引き払われています。さらに遡《さかのぼ》ろうとすれば、あなたの高校時代、十三年前ですからねえ。そこで、いささか乱暴ですが、あなたにもうひとり呪い殺してもらおうと。むろん、あなたに呪い殺されてもおかしくない人物を思い出したからこそ実現できた計画ですがね」

「里崎弁護士には快く協力してもらいました」

亘はそう言ったが、実際はかなり強引に引きこんだのだった。あのときの場面を思い出すと、亘は愉快でたまらなかった。

右京と亘が協力を要請したとき、里崎は「馬鹿馬鹿しい。なんでそんなもんに俺が協力しなきゃなんないんだ」とはねつけた。

それを「あなたしか、いないからですよ」と決めつけたのが右京だった。里崎が酒好きだと知った右京は、こう提案した。

——実は当日、これ見よがしにお酒を飲んでいただきたい。三件目が日課のジョギング、二件目が趣味の釣りを利用して事故死を装っていますから、今回もなにかその手掛かりとなるようなものを相手に印象付けたいんですよ。
――おい、待てよ。俺は引き受けちゃいねえぞ!

里崎はごねたが、右京は一方的に続けた。

――お宅にご迷惑をおかけするわけには参りませんので、特別な名刺を用意しました。ご自宅の住所だけはフェイクです。近所にちょうどいい水場のあるマンションを我々が用意しました。それからご家族とは別居中であるとさりげなく相手に伝えてください。ひとり暮らしでないと狙いづらいですからね。

呆れ返る里崎にとどめを刺したのは亘だった。

――引き受けたほうがいいですよ。あんた、懲戒事案なんか山ほどあるんだろ。それを掘り起こして弁護士会に訴えてもいい。あんたが潰れるまでやるからな。

こう脅すと、里崎は渋々協力せざるを得なくなったのだ。

部屋の中では、右京が初恵に説明を続けていた。

「取り急ぎお膳立てを進めて、あとはあなたが動き出すのを待つばかりという状況でしたが、ひとつ懸念は上京していたトヨさんでした。梶原脩斗さんの代わりにそばにいられてはあなたの行動を阻止する恐れがあったからです。そこで、あなたから一時的にトヨさんを引きはがすために……」

「しょっぴく材料があったんで、助かりましたよ」

右京に代わって伊丹が言うと、芹沢が笑った。

「それにしても、話を聞いたときはまさかと思いましたけど……」

と、ここまでずっと無言だった初恵が突然しゃべりはじめた。

「里崎弁護士は死にましたか？　あたしのせいです……。あたしが殺しました。ばあちゃんに、呪っちゃいけないって言われたけど、どうしても許せなくて……」

「里崎弁護士は無事ですよ」

右京が告げると、初恵の目から涙がこぼれ落ちた。

「本当ですか……？　あ……よかった……」

「殺害に至るプロセスがすっかり抜け落ちてる……」

啞然とする亘に、右京が小声でささやいた。

「それが彼女にとっての真実なのですよ」

初恵はいつまでも泣き続けていた。

九

右京と亘は再び青森の首刈峠を訪れた。十三年前の転落現場で待っていると、元刑事の西村源助が軽トラックで現れた。

「ああ、どうもどうも。大変ですな、ご苦労さんです。わざわざ青森まで何回も。で、その、確認したいことというのは？」

三人は前回同様、谷底の渓流まで下りた。川を見渡しながら、右京が言った。

「実は当初我々も誤解していたように、吉村雅美さんの死因が転落死ではなく溺死だったことについてなんですが、当時、事故死を疑う要素などはまったくなかったのでしょうかね？」

「例えば、殺人とか？」

亘がかまをかけると、西村の表情が一転して暗くなった。

右京が転落現場のほうを指さす。

「崖から転落して気を失う。そして、たまたま川に顔が浸かって溺死する。二段階ですが、一連の動作のように聞こえます。しかし、実は気を失ったのをいいことに、川に顔を浸けて溺れさせてしまうというような作為を示唆する痕跡などはなかったのでしょうかねえ？」

西村は答えなかったが、顔が答えを物語っていた。

「あったんですね？」

亘が促すと、西村がようやく口を開いた。

「はっきりとしたものではありません。なんかおかしいなという程度のものです。気づいたのは私だけでした」

「でも、それをどうして事故死として処理したんですか？」

　亘がさらに訊いた。

　警視庁に戻ったふたりは、来栖トヨの取り調べをおこなった。

　女性の留置管理係に取調室まで連れてこられたトヨは、椅子に「どっこいしょ」と腰を下ろすと、正面に座る右京と向き合った。

「ハツを捕まえたそうだな」

「ええ」右京が認めた。「しかし、初恵さんはたしかに里崎弁護士殺害を企てて現れたにもかかわらず、その部分の意識が抜け落ちてしまっています。しかし、彼女をそうさせたのはあなた方……。つまり、あなたと梶原脩斗さんではありませんか？　我々は初恵さんの一連の呪い殺しの発端となった十三年前の死亡事故、すなわち吉村雅美さんのケースも実は事故などではなく、初恵さん自らが手を下した殺人事件だと考えています。それぞれシチュエーションは違えども、一件目の成功体験がベースとなって、二件目、三件目の殺害の手口で踏襲されています。意識を失わせた上で溺死させるという……それ」

　亘がことばを継ぐ。

「それらを確かめる意味もあって、昼間、改めて青森に行ってきました」

「そりゃ、ご苦労だったな」

トヨが皮肉を言ったが、亘は動じなかった。

「想像どおり、当時、事故死に疑念があったそうです。ところが、それをあえて事故死として処理した。担当刑事が幕引きを図ったんです。もちろん、その経緯はご存じですよね？」

「穏便に済ませてくれたんだ」

トヨのことばには感謝の気持ちがこもっていた。

「ええ。犯人が名乗り出ようとしたから」

亘がそれを知ったのは、昼間、西村から聞いたからだった。「どうして事故死として処理したんですか？」と訊いた亘に西村はこう答えた。

——トヨばあさんに相談されました。私は被害者よりも犯人に同情を禁じ得なかったんです。だから……。

「その犯人とは？」という右京の質問にはこういう答えが返ってきた。

——シュウ……梶原脩斗です。一緒に暮らしてるハツを助けるために、やむなくやってしまったんでしょう。

亘が「だとしても、不問に付すというのはやりすぎでしょう」と問い質すと、西村は厳しい顔で答えた。

「――年齢的に刑事罰は受けないとしても、シュウを少年院にやるのは忍びなかったんです。

右京がさらに事件の裏を読み、トヨに真相を迫った。

「もちろん梶原脩斗は身代わり。真犯人は初恵さんだったはずですがね。違いますか？」

「やむなくだ」トヨがついに認めた。「ハツの年からいって刑事罰を受ける」

「当時十六歳。家庭裁判所の判断によっては検察に逆送されて刑事裁判を受けることになりますね」

元法務省官僚だった亘が指摘した。

「ハツにはそんなもんは耐えられねえ。あいつは弱い子だからな」

右京に妥協はなかった。

「しかし、犯した過ちに対する償いから不当に逃れることは許されません」

「死にかけたあいつに、自首しろとは言えなかった……」

トヨの脳裏にあのときの孫娘の悲惨な姿が蘇る。吉村雅美を殺害したあと、初恵は風呂場で手首を切って自殺を図ったのだった。

「……自首どころか犯した罪とまともに向き合うことすらできなかったべ」

「なるほど」右京がからくりを見抜いた。「そこで一種の暗示をかけたわけですね？あなたの血を受け継いでいるというのを利用して」

「お祭しのとおりだ。最初はシュウを身代わりにしようと思ったが、幸い事故死のままにしてもらえるっていうんでな」

「人を呪い殺す力が備わっていると初恵さんに信じこませた」と右京。

「ハツから罪の意識を消し去るにはそうするしかなかった……」

「結局、彼女は呪いの力を信じたわけですね」と亘。

「そうやって折り合いをつけねば生きていかれなかったんだべ。いずれにしてもなんとか乗り切った……そう思ってたんだ」

「誤算があった」右京が指摘した。「まさか初恵さんによる二件目の呪い殺しが起こるとは、予想もしていなかったのではありませんか？　初恵さんにそんな能力がないことは、あなたがよくご存じのはずですからね」

「そもそも人を呪い殺すこと自体、不可能でしょう」

亘のひと言に、トヨが憤然と顔を上げた。

「見くびるな。あたしは山ほど人を殺してる。ハツのおこないを止めることは、ハツに罪の意識を自覚させることになる。せっかく消し去った意識を……。その矛盾にどうしていいかわからなかった」

「とにかく初恵さんは自分の罪と向き合う必要があります。初恵さんの暗示を解いてやってもらえませんか。おそらくそれができるのはあなただけでしょうし、そうすることがあなたの責任ですよ」

右京が険しい顔でトヨに命じた。

しかし、右京の願いは届かなかった。来栖初恵はその夜、留置場の中でプラスチックのスプーンを頸《けい》動脈に突き立てて、自殺してしまったのである。

初恵が最後に自分の犯した罪を自覚したのかどうか、それはもはや誰にもわからなかった。

知らせを受けて初恵が入っていた血まみれの留置場へやってきた右京は、力任せに鉄格子のはまったドアに拳を叩きつけた。右京がここまで怒りを露《あら》わにするのを、亘は初めて見た。

十

後味の悪い事件が終わった数日後、亘は日下部事務次官に呼び出された。

「忙しいところ悪かったな。元気そうでなによりだ」日下部は亘を迎え入れると、すぐに本題に入った。「さっそくだが、お前にちょっとした頼みがある」

「はあ……なんですか？　ややこしいことはごめんですよ」

牽制《けんせい》するかつての部下に、日下部が言う。

「お前のところの課長についてだ」

「課長……？」

「そう。社美彌子だ」日下部はうなずくと、「堅苦しく考える必要はない。せっかくそばにいるんだ。なにか気になることがあったら報告してほしい」と要求した。

法務省を出た亘はその足で美彌子の実家へ行き、張りこみをおこなった。

張りこみの結果、ある写真を手に入れた亘は前と同じレストランに美彌子を呼び出した。

「で、話って？」

美彌子の質問に、亘は単刀直入に答えた。

「俺を特命に移してもらえませんか？」

「わたしにそんな権限はない」

一蹴《いっしゅう》しようとする美彌子に、亘が迫る。

「どんな手《て》段を使ってもいいから移してもらいたいんです」

「異動願を書きなさい。上司《うえ》に回すから。無駄だと思うけど」

美彌子が赤ワインをひと口飲んだところで、亘が意味深なセリフを吐いた。

「お互いのために」

「どういうことかしら？」

「俺を特命に移すと確約してくれれば言います」

強気に出た亘を美彌子が突っぱねる。

「中身を聞かずに確約なんかできないわ」

「話したあとに、移せないと言われるのも困るので」

「じゃあ、わたしはなにを担保に確約するわけ？」

美彌子の問いかけを亘がはぐらかす。

「離れるのがお互いのためなんです」

「そのことばを担保に？　むちゃな取引ね」

「これがヒントです」

ここで亘が切り札を出した。美彌子の実家で張りこみをし、スマホで撮影した何枚かの写真だった。美彌子の母親と一緒に、女の子が写っていた。

娘のマリアの写真を見せられた美彌子の顔が一瞬青ざめた。

「なるほど……」

亘が交渉を再開した。

「さっき撮ってきたものです。削除します」

「削除してもすぐ復元できるわ」

「ならば」亘はスマホをテーブルの上に置き、美彌子のほうへ押しやった。「これ差し上げますから、壊すなり、なんなりと。おおよそのことはわかったと思うんで、俺を確実に動かしていただけますね？」

「それがお互いのため……」

亘がうなずく。

「課長の下を去れば、俺は余計な詮索をしなくて済むし、課長は部下に余計な詮索をされなくて済む」

警視庁の広報課に戻った美彌子は、会議室から警察庁の甲斐峯秋に電話をかけた。

――冠城亘？

美彌子の用件を聞いた峯秋が戸惑ったような声を出した。

「覚えていらっしゃいますか？　わたしが赴任してきたとき、『なにか困ったことがあったら言ってきなさい。力になるから』と、おっしゃったことを」

――もちろん覚えているが……。いやあ、あのときと今では立場が違うからねえ。いや……わかった。よし、やってみよう。

苦渋の決断をしたようすの峯秋に、美彌子は「よろしくお願いします」と念を押した。

数時間後、峯秋は警視庁の副総監室を訪ねていた。

「まだ諦めてなかったんですか」

デスクについたまま呆れたようすの衣笠に、応接用ソファから峯秋が語りかける。

「だから、お前さんに頼みに来たんだ。この件だけは目をつぶってくれないか。お前さんの横やりが入れば話は潰れる」

「あなたの計画《プラン》を潰せるほど私は大物ではありませんよ」

そう言うと衣笠は椅子を回転させて小さく笑った。

「そんなことはないよ。今や力の差は歴然だ」

「頼みに来たとおっしゃいましたよね？」衣笠が立ち上がり、窓から外の景色をのぞく。

「しかし、一向に頼まれているような感じがしないんですが……。私が鈍感なのかな？」

峯秋は唇を嚙みしめてソファから立ち上がると、衣笠に向かって頭を下げた。

「今回の件だけは俺の自由にさせてくれないか。このとおりだ」

衣笠が振り返ったとき、峯秋の頰は屈辱感で震えていた。

異動が決まった亘は私物を段ボールに入れて、組織犯罪対策部のフロアを通った。うきうきする亘を見た角田の部下の小松真琴《こまつまこと》が言った。

「笑ってるよ。特命がそんなに嬉しいかね？」

それを受けて、同僚の大木長十郎《おおきちょうじゅうろう》が笑った。

「どっかネジが一本緩んでるんだな、たぶん」


そのとき、刑事部捜査一課では、伊丹と芹沢が話し合っていた。

「どういうわけか知らねえが、とにかく特命に来たっていうならもっけの幸い。これからは心置きなくいたぶってやる」

鼻息も荒く語る伊丹を、芹沢が諫める。

「いつしか逆転されないように気をつけてくださいね」

「うるせえよ！」


亘は特命係の小部屋に入ると、右京に「おはようございます」と挨拶をした。

「おはようございます」

右京は挨拶を返し、預かっていた木製のネームプレートを亘に渡した。

「冠城亘、ただ今戻りました」

亘がネームプレートを所定の位置にかけて宣言すると、右京が静かに笑った。

「おかえりなさい」

その頃、坊谷一樹が人気のない山中で殺害され、ひそかに埋められていることは、殺人者以外の誰もまだ知らなかった。

第二話

「チェイン」

冠城亘が特命係に配属になって最初の事件はシガーに関するものだった。のちのちになっても、亘はその香りとともに事件を思い出すのだった。シガーの煙のようにはかない結末を迎えたあの事件を。

一

その日、特命係には差し迫った仕事もなく、杉下右京は紅茶を飲みながら本を読み、冠城亘はコーヒーを片手に新聞に目を通していた。そこへ組織犯罪対策五課長の角田六郎が「おい、暇か？」と言いながら、コーヒーの無心にやってきた。

「暇ですよ」亘が気軽に応じた。「いいですねえ、この安定のやりとり」

角田はサーバーから自分のマグカップにコーヒーを注いだ。

「せっかく念願かなって特命係に配属になったっていうのに、喫茶店状態だな」

「そうなんですよ」亘が新聞をデスクの上に置いて立ち上がった。「せっかく右京さんと捜査ができると思ったのに。まあ、時間があるときは昇進試験の勉強でもしますけどね」

「うわっ」角田が大げさに驚いた。「さすがキャリア出身は抜け目ないね。それにしても自分で志願して特命に来た人間は初めてだよな」

奥のデスクで右京が顔を上げ、「ええ」とうなずいた。「僕が言うのもなんですが、物好きというかなんというか……」

「素晴らしい環境ですよ、特命は！」

亘がわざとらしくもてはやすと、右京が腹を探る。

「あるいはなにか意図があるのか」

「いえいえ、意図なんかありません。右京さんを尊敬しているだけですから」

「そうですか」

右京の返事には心がこもっていなかった。

「うわっ、全然信用してませんね」

「まあ、俺はもうなにが起きても驚かないけどね」

角田が他人事のように言うと、右京は腕時計で時間を確かめた。

「僕はちょっと人と会う約束があるので」

上着をとってネームプレートを裏返す右京を追うように、亘もネームプレートに手を伸ばした。

「僕も人と会う約束があるので」

右京と亘はエレベーターの前で、捜査一課の伊丹憲一と芹沢慶二のふたりと鉢合わせした。

「おふたりともなんかの捜査ですか？」

亘の質問に、芹沢が答えた。

「一年前に傷害致死で追っていた被疑者が遺体で発見されたんだよ。それで、山梨まで出張。そっちは？」

「僕は人と会う約束があって。右京さんは？」

亘に振られ、右京が作り笑いを浮かべた。

「僕も仕事ではありません」

「暇ですね～」

芹沢が茶化すように言った。


警視庁の建物を出たところで、右京が亘に訊《き》いた。

「ああ、君、どっちですか？　僕はあっちです」

亘は右京とは別の方向を示した。

「僕こっちです。右京さん、約束って誰とですか？」

「幸子さんの紹介の方です」

「女将《おかみ》さんの……」

「それじゃあ」

右京はそれ以上の説明をせず、さっさと去っていった。

待ち合わせ場所の紅茶専門店に右京が到着すると、スタイリッシュな服装に身を包んだ羽賀《はが》友一《ゆういち》という男性が待っていた。

「羽賀と申します」と、外資系のIT広告会社の名刺を差し出す。

「杉下です。〈花の里〉でお会いしてもよかったのですが……」

「いえ……杉下さんがお好きだという紅茶の店で会うほうがいいような気がして」

「なぜでしょう？」

「ああ……それはですね、あの……」

右京の質問にすぐには答えず、羽賀はジャケットの内ポケットからたばこのパッケージを取り出した。「pourquoi《プルクワ》」という銘柄の外国たばこだった。続けて高そうなライターで火をつけようとした。

「この店は禁煙ですが」

右京が注意すると、羽賀は口にくわえたたばこをパッケージに戻した。

「そうですか。最近はどこもそうですね」

一方、亘はコーヒー専門店で、小田桜子《おださくらこ》という女性と会っていた。

桜子がたばこに火をつけようとしたところで、亘が注意した。

「桜子さん、ここ禁煙です」

「最近はどこもそうね」

桜子が諦めて、たばこを「pourquoi」と記されたパッケージに戻す。亘がその外国たばこに目を留めた。

「珍しい銘柄ですね。プルクワと読むんですか？」

「ええ。昔の男に教えてもらって。電話で話したとおり、人捜しをお願いしたいんだけど」

「工藤春馬《くどうはるま》という男性のことですね」

亘が具体的な名前を持ち出すと、桜子がうなずいた。

「ええ。一年前、彼は突然消えた……」

「彼は恋人だったんですか？」

亘の問いかけに、桜子は「違う。ただの知り合い」と即答した。

「ただの知り合いをわざわざ捜そうとする理由は？」

「これです」

桜子がバッグから小さなケースを取り出した。なかには自家製のリトルシガーが収まっていた。それに目を落とし、桜子が説明した。

「普通なら男に話しかけたりしないけど、どうしても無視できなかったのが彼のシガーの香りだった」

「僕も素晴らしいコーヒーの香りに出合うと、普通じゃなくなります」

亘が言ったとき、ちょうどコーヒーが出てきた。

同じ頃、紅茶専門店でも紅茶が出てきた。羽賀の用件も、なんと工藤春馬に関するものだった。

「工藤春馬というのはおそらく偽名です。映画プロデューサーと名乗っていましたが、僕が調べたところ、映画業界にそういう人間はいなかった」

「なにか手掛かりのようなものは？」

右京が尋ねたが、羽賀は首を横に振った。

「なにも……。写真もありませんし。彼は煙のように消えたんです」

そう言って羽賀が取り出したのは、ケースに入ったリトルシガーだった。

「リトルシガーですか」

「ええ。工藤さんと出会ったきっかけです」

「彼とはどこで？」

「行きつけの店がありましてね。そこで工藤さんは優雅に自家製シガーを吸っていたんです。まあ、工藤さんも僕の気持ちを理解してくれたんでしょう。一本、自分のシガーを分けてくれたんですよ。もうその香り……僕は心を奪われた。それで週に一度、彼のブレンドした自家製シガーを分けてもらうようになったんですよ」

羽賀はシガーの香りを思い出したのか、うっとりとしていた。その顔を眺めながら、右京はティーカップを手に取った。


亘が絶品のコーヒーの香りを楽しんでいると、桜子が陶然と語った。

「週に一度、いつものお店で彼のシガーを吸う。その香り……」

「それだけですか？」

「それだけの関係……。でも、それがすべて」

「彼がブレンドしたシガーの香りが忘れられない。だから、捜し出してほしい。そういうことですね？」

亘がシガーを一本手に取った。

「お願い。もう一度あの香りが欲しいの」

「わかりました」

亘は請け合い、シガーの香りを嗅いだ。

右京がシガーの香りを嗅いでいると、羽賀が説明を加えた。

「シートはトリオンフ・ブラウン。葉はスカーレット・バニラとボギー・ラズベリー、それにコスモ・スタンダードなど、自分なりにブレンドしてみましたが、どうしてもなにかが足りない……。もう二度とあの香りが吸えないのかと思うと……」

右京が羽賀に同意した。

「僕も自分の愛するブレンドティーにもう二度と出合えないと思うと……ああ、考えたくもありません」

「そんなあなただからこそ依頼したんです。もう一度だけでいい。あの香りを味わいたい……」

「捜してみましょう、煙のように消えた男を」

右京が羽賀の目をまっすぐ見据えて言った。

二

遺体が運びこまれた山梨県の所轄署では、伊丹が遺留品の運転免許証を見ていた。

「遺体からは野中樹生《のなかみきお》の免許証か……」

その傍《かたわ》らで、芹沢が検視官に訊いた。

「詳しい死因は？」

「死後一年が経過し、腐食が進んでいました。外傷は確認できないので、遭難して低体温症で死亡したと思われます」

検視官のことばを受けて、芹沢が伊丹に提案した。

「ＤＮＡ鑑定して野中かどうか確認しましょう」

「ああ。野中で間違いないと思うがな」

そう言いながら、伊丹は遺留品の入ったポリ袋を手に取った。袋には「pourquoi」と表示されたパッケージが入っており、さらにリトルシガーの吸い殻の入った袋もあった。


右京はとあるシガー専門店を訪問した。老紳士といった物腰の店員が迎え入れる。

「いらっしゃいませ」

会釈しながら店内に入ると、亘が椅子に座っているではないか。

「右京さん、紅茶だけではなくシガーの趣味もあったんですか？」

亘が意外そうに訊くと、右京は「君のほうこそ」と返した。

「いや、僕はちょっと事情がありまして」

「僕もです」

そう応じた右京は、葉が並んだ棚の前に移動した。羽賀の話に出てきた葉の名前を読み上げながら、ピックアップする。

「スカーレット・バニラ……ボギー・ラズベリー……コスモ・スタンダード」

右京が手に取った葉を見た亘が、自分の手の中の三種類の葉を示して見せた。三つとも同じ銘柄だった。

「あれ？　偶然ですね」と亘。「まねしないでください」

「君のほうこそ」

「もしかして、シートは？」

亘の質問に、右京は「トリオンフ・ブラウン」と答えた。

「ちょっと人を捜してるんですすよね……」

「僕もです」右京がさっきと同じセリフを繰り返す。

「もしかして、僕たち同じ人を捜してません？」

ふたりは思わず顔を見合わせた。

ふたりは連れ立って路地裏にある古いシガーバーを訪問した。

落ち着いた雰囲気の店内では年配の客たちが思い思いにシガーを楽しんでいた。ふたりはカウンター席に座り、ウイスキーをオーダーした。

「君の依頼人も工藤春馬とこのバーに？」

右京が質問すると、亘がうなずいた。

「ここで彼のリトルシガーを吸っていたと」

「僕の依頼人も同様です」

「依頼人はおしゃれな女性なんですけど、こういう店に来るのは意外ですね」

店内を見回して言う亘に、右京も同意した。

「それについては、僕の依頼人もどちらかと言えば、当世風のカフェのほうがお似合いなんですがね」

右京と亘は続いてサイバーセキュリティ対策本部を訪ね、青木年男に協力を依頼した。データベースになにか参考になるような事件が載っていないか調べてもらおうと思ったのである。

しかし、青木は「手掛かりがシガーだけなんて、検索のしようがないですよ」とにべもなかった。

「……だよね」

最初からあまり期待していなかった亘が右京とともに去ろうとすると、青木が慌てて呼び止めた。

「なんて嘘ですよ。サイバーセキュリティ対策本部では、警察のあらゆる情報を検索できるデータベースを作成中でして、『リトルシガー』でサーチ、オン！」

青木が検索ワードをパソコンに打ちこんだ。

「おっ……ありましたよ。捜査一課が一年前から追っていた傷害致死事件の被疑者の遺体が発見されたんですが、そのそばにリトルシガーの吸い殻があったというデータが」

青木のことばに亘が反応した。

「それ、伊丹さんたちが追ってた事件じゃ……」

右京がさらに詳細を知ろうと青木のパソコンをのぞきこむと、画面に山梨の事件など表示されておらず、グルメサイトの情報が出ているではないか。

「君、データベースなんて調べてませんね」

青木の嘘に気づいた右京が険しい声で指摘する。

「バレました？　たまたま一課の知り合いから聞いたんですよ」

「その嘘ってなんになるんです？」

「いやあ……誰かに褒めてもらいたくて。誰にも褒められないで育ったもので」

青木はどこまでも食えない男だった。

山梨の事件について情報を得るため、右京と亘は捜査一課へ向かった。亘が用件を述べると、芹沢が厄介払いでもするように言った。

「野中は他殺じゃなかった。被疑者死亡で事件は終わったよ」

「終わったなら捜査資料、見せてくださいよ」

芹沢を追い回す亘の前に、伊丹が立ちふさがる。

「口の利き方に気をつけろ、冠城。芹沢は先輩だ」

「わかりました。お願いします、芹沢先輩、伊丹先輩」

「嫌だ」伊丹が突き放す。「これは捜査一課の事件だ。特命係の出る幕はない」

「そんな意地悪すると俺が昇進したとき、意地悪しちゃいますからね〜」

「俺には出世なんて関係ないからな……。数年で階級は追い抜かれるだろう。ただ、それまでは徹底的にいびり抜くと決めた！」

「右京さん、この人顔が怖い」

子供の喧嘩《けんか》のような伊丹と亘のやり取りも、右京はまるで意に介さなかった。

「伊丹さん」

伊丹がすかさず機先を制した。

「警部殿、あなたのところの新人には余計な情報はくれてやるなと上からの指示がありましてね」

伊丹の言ったことは事実のようだった。それが証拠に、ふたりが訪問した鑑識課でも、

「上司からの命令で、特命係の方は入れてはならないことになっております」と追い返されたのである。

特命係は四面楚歌《しめんそか》の状態だった。


ふたりが諦めて特命係の小部屋に戻ると、青木が待っていた。

「どうも」

すました顔で挨拶する青木に、右京が訊く。

「おや？　なにかご用ですか？」

すると、青木がひとそろいの捜査資料を差し出した。

「お求めの資料です」

「どうやって手に入れた？」

亘がいぶかると、青木が胸を張った。

「僕はサイバーセキュリティの特別捜査官ですからね。捜査一課の資料なんて極秘でもなんでもありません。見直しました？」

なにはともあれ捜査資料を入手したふたりはさっそくそれを検討した。資料を読みこんでいた亘が感心したように声を上げた。

「伊丹さんの調書細かいなあ。被疑者の口癖まで書いてある。『お前はこんなところにいちゃいけない』だって。こんなこと書いて意味あるんですかね？」

「調書は細かければ細かいほどいいと思いますよ。君も見習ってください」

「……はい」

藪蛇《やぶへび》になってむくれる亘を放ったまま、先に資料を頭に入れていた青木がホワイトボードを使って説明した。

「一年前に野中樹生は上司を殴り、相手を死亡させた。死亡したのは山木利彦《やまきとしひこ》、金融業。といっても闇金で、半グレ組織の金庫番だった。野中は福田丸雄《ふくだまるお》という男を足抜けさせようとしていた。このときに『お前はこんなところにいちゃいけない』とよく言っていたそうです。ところがそれを山木に見つかり、殴り合いになった。そして山木を殺してしまった。その組織には掟《おきて》があって、仲間をやられたときの報復が非常にエグいものらしいです」

「それを恐れて野中は逃亡した」

資料から目を上げた亘が相槌《あいづち》を打つ。

「多分」青木がうなずく。「そして今になって、山梨県の山中で発見。遺体に外傷はなく、遭難して低体温症で死亡と書かれていますね」

「時期的に工藤春馬が失踪した時期と重なりますね」

亘が指摘すると、右京が捜査資料の中の遺留品の写真をホワイトボードに貼った。

pourquoiという外国たばこである。

「それに野中の遺留品のたばこ、この銘柄は、僕の依頼人が吸っているのと同じものです」

亘が追随する。

「僕の依頼人も昔から吸ってると言っていました」

青木がもう一枚の写真を手にした。そこにはリトルシガーの吸い殻が写っていた。

「それにほら、一番大きなネタがこれです。リトルシガーが野中の遺体近くに捨ててあったと」

「野中と工藤春馬、同一人物の可能性がありますね」

亘のことばに、右京は「お互いの依頼人に確認する必要がありますね」と応じた。

三

亘が小田桜子に呼び出されたのは、タワービルの高層階のラウンジでおこなわれているパーティーの会場だった。場内には騒がしい音楽が流れ、多くの若者たちが仮面をつけて飲み食いしたり、踊ったりしていた。亘も仮面をつけて桜子を探していると、ひとりだけ仮面をつけておらず、仕立ての良いスーツをきちんと着こなした真面目ぶった人物を見つけた。

「あれ？　う……右京さん」

「冠城くん？」

亘が仮面を外して、「右京さんの依頼人もここに？」と訊く。

「おやおや、君の依頼人も？」

「ええ、まあ。いい感じのパーティーですね」

右京が同意せずに周囲を見渡していると、桜子が駆け寄ってきた。

「すみません、わざわざ来てもらってしまって」

「僕も参加したいぐらいです」

亘が笑顔で応えたとき、別の方向から羽賀がやってきた。

「杉下さん、お待たせしました」右京と握手しようとして、羽賀は亘と桜子に気づいたようだった。「あれ？　冠城さん」

「お知り合いですか？」

右京が意外そうに問うと、亘は「ええ」と返事した。

「君も冠城さんと知り合いだったの？」

羽賀が桜子に訊いた。

「前にパーティーで声をかけられて。それで、工藤さんのことを」

「君も？　いや、僕も杉下さんに工藤さんのことをお願いしてるんだ」

「皆さんお知り合い？」

右京は亘のことをじっと睨《にら》んだ。

右京と亘は羽賀と桜子をパーティー会場から連れ出し、ビルの屋上にいざなった。

「この写真を見てください。工藤さんではないですか？」

亘がふたりの前に野中の写真を掲げた。

「工藤さんじゃないですが……」

羽賀が言いよどんでいると、桜子が言った。

「これ、野中樹生じゃないですか？」

「えっ、野中のこと知ってるの？」

羽賀が驚く。

「そっちこそ」

「お知り合いですか？」右京が羽賀と桜子の顔を交互に見る。「おふたりとも」

ふたりは同時に「ええ」とうなずき、桜子は「ずっと前、若い頃に……」と答えた。

続いて羽賀が野中との関係を明かした。

「僕も若い頃、建設現場のバイトで少し知り合っただけですが」

「それにしても、すごい偶然ですね」

驚きを口にする亘に、羽賀がたばこに火をつけて説明する。

「たしかに。まあでも、僕ら年が近くて同じ地元だから、ない話じゃないです」

「地元が一緒だったんですね」

亘が納得していると、右京が依頼人ふたりに質問した。

「野中樹生が亡くなったことはご存じですか？」

「えっ？」「知りませんでした」

ふたりとも初耳のようだった。

「去年、傷害致死事件を起こし逃亡していたのですが、昨日、遺体で発見されました」

右京の説明に、羽賀が絶句した。

「そうだったんですか……」

桜子がたばこに火をつけたのに目を留めた亘が言う。

「そのたばこ、昔の男に教えてもらったって言ってましたよね？」

「ええ」

「野中さんの遺体のポケットにも、その銘柄のたばこが……」

「野中に教えてもらったの」

桜子が亘の疑問に答えると、羽賀も告白した。

「僕も野中が吸ってるのを見て、まねしました」

「おふたりが知り合ったのは、やはりシガーバーですか？」

「ええ」右京の質問に羽賀がたばこを灰皿に押し付けてから答えた。「工藤さんと出会ったときに」

「僕たちは捜索を続けます。パーティーにお戻りください」

亘が促したが、羽賀はもう次のたばこを口にくわえていた。

「もう少しここで一服していきます。向こうは禁煙ですし」

「わたしも。どうせ戻ってもたいして面白くないし」

桜子が吸いかけのたばこの火を新しいたばこに移した。

「チェインスモークですね」と右京。

「身体に悪そうですね」亘が応じる。

「ええ」羽賀がたばこの煙を吐く。「工藤さんがよくやってたんですよ。古い映画のまねをして」

「チェインって鎖のことですよね。本当はやめたいんだけど、きっかけがなくて……」

自嘲する桜子に、羽賀も同調した。

「僕もなにかきっかけがあればと思いながら、やめられない」

「では、こういうのはどうでしょう？」右京が提案した。「もう一度、工藤さんのシガーを吸うことができたら、それを最後の一本にする」

「それはいいかもしれない」「そうね」

ふたりの同意を得て、右京が念を押した。

「では、そうしましょう」


チェインスモーカーの男女と別れた右京と亘は〈花の里〉へやってきた。

いつものように笑顔で迎え入れる月本幸子に、亘が報告する。

「いらっしゃいませ」

「女将さん、なんか面白いことになってきましたよ」

それを見ていた右京が、真面目な顔になって亘に迫った。

「で、どこまでが君の仕掛けたことなんですか?」

亘は右京ではなく、幸子に言った。

「バレちゃいました」

「あっ、そう。でも計画はうまくいったんですか?」

幸子の問いかけに、亘が「おかげさまで」と応じた。

「よかった」

幸子が安堵《あんど》の声を漏らすと、右京がふたりに訊いた。

「おやおや、どういうことですか?」

「ご説明しましょう」亘が居住まいを正す。「僕とあのふたりは知り合いでした。ただし、ふたりが友人ということは知りませんでした。別々に工藤春馬捜索の依頼があったのは偶然です」

「それでなぜ、幸子さんが関係してくるのでしょう?」

右京の質問に答えたのは、幸子自身だった。

「冠城さん、せっかく特命係に配属になったのに、なかなか杉下さんとお仕事する機会がないって言うものですから」

亘がそのあとを引き取る。

「偶然を利用して右京さんも巻きこんでしまえと思ったんです。あっ、正面切って僕がお願いしても、素直に『うん』と言ってくれませんからね」

「だから、わたしがひと肌脱いだんです」と、幸子が笑う。

亘が幸子の耳に顔を寄せた。

「女将さんとの共同作業楽しかったな」

「はい」

右京は面白くなさそうだった。

「僕が依頼を断ったらどうするつもりだったんです?」

「煙のように消えた男、手掛かりはシガーの香りだけ。右京さんなら必ず興味を持つと思ってました」

「僕はまんまと乗せられたわけですか。たしかに、興味深い依頼であることは否定できませんがね」

「よかったです」

亘が神妙な態度で頭を下げる。

「幸子さん、熱燗《あつかん》を」

右京がつっけんどんな口調で注文した。

四

翌朝、ふたりは特命係の小部屋で事件のことを話し合っていた。

「約束したのはいいですけど、煙のように消えた男を見つけるのは難しいですね」

亘が言うと、右京は捜査資料の中から吸い殻の写真を手に取った。

「このリトルシガーの香りを直接嗅ぐことができれば、なにかわかるかもしれませんがねえ」

そこへ、青木年男がやってきた。

「おはようございます」

「こんなところでサボっていて、いいんですか？」

右京がやんわりとたしなめたが、青木は動じるでもなく、ポリ袋に入ったシガーの吸い殻を掲げた。

「そんなこと言って……僕に優しくしたほうがいいと思いますよ」

「あっ」

亘がびっくりすると、青木は得意げな顔になった。

「杉下さんが欲しそうな顔をしていたので鑑識に借りてきました。欲しいですよね？」

「いらない」右京はいったん毅然《きぜん》と断ったが、「……と言ったら嘘になりますかねえ」

と吸い殻の実物を見つめた。

青木は愉快そうに笑うと、「どうぞ」と右京に差し出した。

「やはり例の副総監のコネを使ったってことですか？」

亘が深読みする。

「なに言ってるんですか！　あとはご自由にどうぞ」

不満げに言い残し、青木は足早に去っていった。

右京はさっそくピンセットで吸い殻をポリ袋から取り出して調べはじめた。その傍らで亘が捜査資料を要約した。

「吸い殻は遺体発見現場で発見されたもの。ですが、山梨県警の鑑定では野中のＤＮＡは検出されませんでした。この吸い殻は野中の事案とは無関係と判断されてます」

「僕はそうは思いませんねえ。野中の死の間際、誰かが近くにいた可能性があるという
ことじゃありませんか。この自家製のリトルシガーを吸った人物が」

右京は自説を述べると、トレーの上でおもむろに吸い殻を分解しはじめた。

「いいんですか？」

心配げに見つめる亘に、右京がしゃあしゃあと言った。

「『ご自由に』と言われましたから」

「まあ、たしかに。重要な証拠じゃないって書いてあるしね」

右京は分解したシガーの断片をピンセットでつまんだ。

「シートはトリオンフ・ブラウン。工藤さんが使用していたものと同じです。これはス
カーレット・バニラの葉です」

そう言うと鼻先に近づけ、香りを嗅ぐ。亘も興味深げに別の葉を取り上げた。

「これはボギー・ラズベリーですねえ」

「これはコスモ・スタンダードでしょう」

右京が別の葉を示すと、亘がまとめた。

「工藤さんのブレンドした葉と同じですね。野中さんの死の間際、工藤さんがそばにい
たってことですかね？」

「すべてはまだ煙の中です。手掛かりはこの吸い殻の香りだけ」

右京がトレーを持ち上げ、香りを嗅ぐ。

「羽賀さんは工藤さんと同じブレンドを試みたものの、なにかが足りないと言ってましたねえ」

亘もトレーに鼻を寄せる。

「桜子さんもです。でも、この吸い殻が工藤さんのものだとしたら、俺、わかっちゃったかもしれませんよ」

亘がにやりとしたのと同じタイミングで、右京の眼鏡の奥の瞳も輝いた。

「奇遇ですねえ。僕もです」


亘は右京を伴って、行きつけのコーヒー豆販売店へ行った。

「パナマ・アウロマール・ゲイシャの購入リストがあればいただきたいのですが」

亘が事情を説明し、知る人ぞ知る高級豆の名前を口にすると、店員が「少々お待ちください、冠城さま」と腰を折った。

「そのコーヒー豆がシガーの中に？」

右京の質問に、亘がうなずく。

「吸い殻から特徴のある香りがしました。ジャスミンのようなネクタリンのような独特の香りが」

「なるほど。コーヒーに関してはさすがですね。では、次は僕の番ですね」

右京が亘を連れて向かったのは、都内にある紅茶園だった。敷地に広がる茶畑を眺め渡し、亘が感心した。

「へえ〜、東京にも紅茶園があったんですね」

「東京産の紅茶はちゃんと市場に流通していますよ。ただし、ここの紅茶園の茶葉は市場には出回っていません。つまり、直接買い付ける以外に入手することはできません」

右京が蘊蓄《うんちく》を披露した。

「その茶葉がシガーにブレンドされてたというわけですか」

右京はにんまり笑うと、吸い殻を分解した破片を入れたポリ袋を掲げた。

「シガーの中に混ざっていました」

「さすがです」

「紅茶の顧客名簿とコーヒーの顧客名簿を突き合わせれば、工藤春馬のことがさらに絞りこめるかもしれません」

そこへ紅茶の生産者である農家の女性がファイルを持ってきた。

「杉下さん、名簿っていってもあたしの手書きだけど」

「どうもありがとう」

恭《うやうや》しく名簿を受け取る右京だった。

特命係の小部屋に戻り、コーヒー豆と茶葉、ふたつのリストを照合すると、やがてひとりの顧客が浮上した。

「あっ、いました。共通する人物」

右京が指さした先に同じ名前が載っている。

「石田祐太《いしだゆうた》」

亘はその人物の名前を音読すると、さっそくパソコンで警視庁のデータベースに検索をかけた。すぐに運転免許証のデータが顔写真とともに出てきた。

亘はその記載事項をリストのデータと突き合わせる。

「名簿の住所とも一致してますね」

右京は別のことに気づいたようだった。

「石田さんの本籍地は野中の遺体発見現場の近くですよ」

「彼が工藤春馬なんですかね？」


小田桜子はファッションブランドの店舗ではつらつと働いていた。

店を訪ねた亘は、桜子の手がすいたところですかさず店の外に呼び出し、石田祐太の写真を見せた。

「工藤さんだ……」

　桜子が認めた。

　同じ頃、右京はＩＴ広告会社に羽賀を訪ねていた。ミーティングの途中で呼び出された羽賀は、嫌な顔もせずに右京が示した写真を見て断じた。

「間違いなく工藤さんです」

　再び落ち合った右京と亘は、いよいよ石田祐太を訪問することにした。ふたりは繁華街のそばのうらぶれた路地を歩いていた。

「上質な紅茶やコーヒーをシガーの隠し味にするとは、いったい、どんな人物かと思ったら……」

　亘のことばを右京が引き取る。

「ええ。映画のプロデューサーなどではなく、風俗店の運転手だったんですねえ」

　石田が勤務していた風俗店の店員によると、石田は一年前に風俗店を辞め、今は風俗嬢の家に身を寄せているという。目指すみすぼらしいアパートの一室の前に立ち、亘がチャイムを鳴らした。「はい」と女性の声が聞こえ、やや疲れた感じの三十歳見当の女性が出てきた。

「石田祐太さん、こちらにいらっしゃいますか?」

亘が訊くと、女性は心配そうな顔になった。

「どちらさまですか?」

「警戒なさらずに」右京が申し出た。「石田さんのご友人に捜してほしいと頼まれましてね」

と、部屋の奥から「こほっ、こほっ」と咳《せ》きこむ音が聞こえてきた。

「おや? 肺を患っている方の咳のようですねえ」

右京が部屋の中をのぞきこむと、面やつれした中年男が咳きこみながらふたりを招いた。

「どうぞ、中へ」

部屋に入った右京が、男と向き合う。

「石田さん……いや、工藤さん。羽賀さんと小田さんがあなたを捜しています」

工藤は「警察の人?」と訊くと、引き出しを開けて上等なシガーケースからリトルシガーを取り出し、咳をしながら高価そうなライターで火をつけた。

「吸うのはおやめになったほうが……」

右京が諫《いさ》めたが、工藤は嘲《あざけ》るように笑った。

「スモーカーには厳しいご時世です。いずれ分煙すら許されなくなって喫煙は違法になる。それでも僕はシガーを吸うでしょう。なんなら密造して売りさばいてもいい。そうなったら僕は刑事さんたちの天敵だ」

「紅茶がブレンドされていますね」

部屋に漂う香りを嗅いで右京が指摘すると、亘が続いた。

「それからコーヒーも」

「あなたたちは……最低だ」工藤は咳きこみながら、女性の名を呼んだ。「おい、ミヤビ」

「え？」

苦しそうに咳をする工藤のもとへミヤビが駆け寄る。

「お前、店辞めろよな。お前はあんなところにいちゃいけない」

そこまで言うと、工藤の呼吸が急に乱れ、倒れてうめきはじめた。

「工藤さん！」

亘がすぐに抱き起こそうとしたが、工藤はもだえ苦しむばかりだった。

工藤のシガーケースが入っていた引き出しを開けた右京は、緑色の小瓶を見つけて、ふたを外して嗅いだ。

「僕としたことが！」

右京が声を上げたときには、工藤は息絶える寸前で、どうにもならない状態だった。

五

翌日、亘は特命係の小部屋で、死体検案書を手にしていた。

「工藤……いや、石田の死因はシナシアン中毒です。最後に吸った一本には致死量の工業用薬品シナシアンが含まれていました」

「彼は意図的に最後の一本に毒物を混入させておいた」

右京の指摘に、亘が応じる。

「だとすれば、自殺ということになりますね」

そこへ伊丹と芹沢がずかずかと入ってきた。ホワイトボードに貼られた野中と石田の写真を芹沢が回収している間に、伊丹が亘に命じた。

「この件から手を引け」

「野中の件は、もう終わったって言ってたじゃないですか」

亘が抗議すると、芹沢がホワイトボードの文字を消しながら説明した。

「再検査の結果、野中の遺体から致死量のシナシアンが検出されたんだよ」

「なぜ野中の遺体の再検査を？」

右京が興味を持ったが、伊丹はすげなかった。

「警部殿には関係ありません」

亘が諦めきれずに捜査一課の刑事たちに詰め寄る。

「野中の件はともかく、石田のことは我々が……」

芹沢が遮った。

「野中の遺体付近にあった吸い殻から見つかったＤＮＡが、石田祐太のものと一致したの」

「ふたりについては捜査一課が捜査する。特命係は手を引け。それが上の命令だ。以上」

伊丹が有無を言わせぬ口調で断じた。特命係の部屋から去っていく伊丹と芹沢の背中を見ながら、右京がつぶやいた。

「石田さんは、野中の死の瞬間にそばにいたということになりますねえ」

上層部の意向を気にする右京と亘ではない。ふたりはとある河原に、石田の同居人であったミヤビを呼び出した。

「これ持ってきましたけど……」

落胆したようすのミヤビは、石田の使っていたシガーケースとライターを差し出した。

「ありがとうございます。このふたつ、石田さんは誰からもらったとかおっしゃっていませんでしたか?」

右京の質問に、ミヤビが答える。

「両方とも友達からのプレゼントだと言っていました。彼には尊敬する友達がふたりいたらしくて……」

「あなたと石田さんが同棲《どうせい》をはじめたのは、彼が風俗店の仕事を辞めたあとですよね？」

亘が確認した。

「ええ」

「その間、その友達と会ってるようすは……？」

「いえ」ミヤビは否定した。「会っていなかったと思います。理由があって、会いたいけどもう会えないって言っていました」

「その理由というのは？」

右京が尋ねたが、ミヤビは首を振って時計で時間を確かめた。

「それはわからないです。もう行かないと」

立ち去ろうとするミヤビに亘が声をかける。

「お仕事ですか？」

「ええ。まあ……」ミヤビが寂しげに振り返る。「でも、辞めに行くんです。お前はこんなところにいちゃいけないって彼がよく言っていて……。彼は死んじゃったけど、なんだかやり直そうって思い立って。いい年だけど……」

「僕なんか、この年で転職して警察官一年目です」

亘が励ますと、ミヤビはわずかに頬を緩めた。

「へえ……。じゃあ、わたしはこれで……」

「お前はこんなところにいちゃいけない」亘がミヤビのことばを繰り返す。「野中の口癖と一緒ですね」

「ええ」

右京が力強くうなずいた。


捜査資料を手に持って、亘が特命係の小部屋に入ってきた。

「ただいま戻りました」

ミヤビから受け取ったシガーケースとライターを検《あらた》めていた右京が、「おかえりなさい」と迎えると、亘を追うように角田六郎が入ってきた。

「やっと暇じゃなくなったようだね」

「暇なのは課長だけです」

「いやいや、俺は暇かって訊いてるだけで、俺自身は暇なわけじゃないわけ」

むきになって否定する角田を無視し、亘が資料を右京に渡した。

「小田桜子さんの過去を調べたら気になる情報が出てきました。十八年前に彼女の義理の父親、尾形治夫《おがたはるお》が建築現場で転落死しています。当時の所轄の資料を見ると事故として処理されています。ちなみに、これを書いたのは所轄時代の伊丹さんです」

角田が黒縁眼鏡をずらして資料をのぞきこんだ。

「伊丹が若い頃か……。ああ、ちゃんと調書、書いてるね。真面目にやり過ぎるから出世できないんだ、あいつは」

亘はうなずき、資料の別のページに貼られた写真に注意を促した。

「伊丹さんが聞きこみした情報を細かく書いてるんですが、ここを見てください。義理の父親が転落する直前に吸っていたたばこがpourquoiなんです」

「羽賀さん、小田さん、それに野中樹生が吸っていたのと同じ銘柄ですね」

右京が指摘すると、亘が言った。

「伊丹さんも当然気づいてるでしょうね」

右京と亘は十八年前の転落事故を調べるためにとある工事現場を訪れ、現場監督の鈴木《すずき》に話を聞いていた。

「尾形さんが普段吸っていたのが、このたばこだったそうです」

右京が流通量の多い日本製たばこのパッケージを掲げると、鈴木は首をかしげた。

「そうだっけね。俺も吸ってるよ」

「ところが、転落死する直前に吸っていたのは、こちらのたばこ」と、右京が今度はpourquoi のパッケージを掲げる。「当時、現場で働いていた誰かにもらったのではないかと思うのですが」

鈴木が遠くを見つめて、回想した。

「あの日、現場に入ってた若い奴に珍しいたばこを分けてもらったのは覚えてる。たぶん、尾形ももらったんだろう」

「若い奴ってこの人ですか？」

亘が鈴木に近づき、野中の写真を見せた。

「いやあ……覚えてないなあ……」

鈴木は首をひねるばかりだった。


特命係のふたりは鑑識課の一角を借りて、リトルシガーの葉をブレンドしていた。テーブルで作業する右京の傍らで、亘がパナマ・アウロマール・ゲイシャの豆をミルで挽《ひ》いていた。

亘が挽いた粉を右京の前に差し出し、「こういうことですよ」としみじみつぶやいた。

「どうしました？」

「僕が特命を希望した理由は。法務省にいても警察の他の部署にいても、こんな瞬間は永遠に訪れませんからね」

右京は作業の手を休めることなく、「僕は依頼人との約束を守りたいだけです」と言い、コーヒーの粉を少々まぶして、シガーを巻いた。

そして完成したリトルシガーを亘に渡す。

「煙を」

亘はうなずいて、シガーに火をつけた。軽く吸って灰皿の上に置くと、シガーの先端から白い煙が立ち上った。

右京と亘は依頼人に報告するためにレセプションパーティーの会場を訪問した。羽賀も桜子もそのパーティーに出席していたのである。

会場の片隅にふたりを呼び出し、亘が捜査結果を報告した。

「石田祐太。それが工藤さんの本名です。映画プロデューサーというのも嘘です。ただ、映画が好きだったのはたしかなようです」

「そう……」桜子が暗い顔でうなずく。

「彼の職業は風俗店の運転手でした」

右京のひと言に、羽賀は桜子と顔を見合わせた。

「意外だな」

「いつも身なりを整え、プロ意識が高く、同業者からは信頼されていたそうです。お前はこんなところにいちゃいけない。石田さんは……いや、あなた方にとっての工藤さんは、よくそう言って仲間の背中を押していたようです」

右京に続いて、亘が言った。

「野中さんも同じようなことをよく仲間に言ってたそうですね。おふたりとも、言われたことあるんじゃありません？」

「ええ、よく言われてました」桜子が認める。

「僕もです」羽賀もうなずき、「すいません、たばこの吸えるところに……」と申し出た。

四人は屋上に移動した。すぐさまたばこに火をつけるチェインスモーカーの男女に向かって、右京が言った。

「工藤さんと野中さんの口癖からは人のことは励ましつつも、どこか自分は抜け出せない人間なんだという諦めのようなものが感じ取れます」

亘があとを続ける。

「口癖が似ていただけじゃない。ふたりには接点があったんです。工藤さんが煙のように消える直前に、野中さんは傷害致死事件を起こし、逃亡しました。そして四日前、山梨県の山中で野中さんの遺体が発見されました」

「工藤さんはその地域の出身です」と右京。

「遺体のそばにはシガーの吸い殻。そこから、工藤さんのDNAが検出されました」と亘。

「つまり、野中さんの死の間際、工藤さんがそばにいたことになります。その理由を工藤さんに訊きたかったのですが、彼は亡くなりました」

右京から工藤が死んだと聞いて、桜子が驚きの声を上げた。

「えっ？」

「我々がおふたりの名前を出したあとに、彼は自家製のリトルシガーを吸って命を絶ちました」

右京が状況を説明すると、亘が補足した。

「彼はあらかじめシガーに毒物を混ぜていた。自殺と思われます」

四人はシガーバーへと場所を移した。落ち着いた店内で、右京が工藤の遺品のシガーケースとライターを取り出した。

「これ、おふたりが工藤さんにプレゼントしたものですよね？」

「ええ、これはわたしが」

桜子がシガーケースを指さすと、羽賀が「ライターは僕が」と付け加えた。

「こちらのバーで出会ったただの知り合いに贈るには、とても高価なものです。おふたりの工藤さんに対する親愛の情が見て取れます」

右京が指摘すると、羽賀が曖昧に返事をした。

「それは、まあ……」

「工藤さんも、尊敬する友人からもらったものだと言って大事に使っていたそうです」

亘がミヤビから聞いた話を伝えた。

「工藤さんはおふたりに会いたがっていた。ですが、もう会えないと言っていたそうです。それはなぜなのか？」右京はここで桜子と向き合った。「十八年前、桜子さんの義理のお父さん、尾形治夫さんが工事現場で転落死されてますね」

「ええ。それが？」

「尾形さんは普段、どこにでも売ってる日本製のたばこを吸ってたそうです。ただ、転落する直前に吸った最後の一本はこの銘柄だった」

そう言うと亘は羽賀の胸ポケットから pourquoi のパッケージを抜き取ってかざした。

右京が話を続けた。

「転落死は事故として処理されました。しかし、執念深い刑事がひとりいましてね。たばこの銘柄の一致から、野中の死と十八年前の転落死の関係を調べはじめています。その刑事の性格上、その最後の一本を証拠として保存していると思います。鑑定すれば毒物が検出されるかもしれません。誰の手から渡ったものか判明するのも時間の問題だと思いますよ」

右京のことばで桜子の目が泳いだ。その桜子に亘が切りこんだ。

「有力なのは野中でしょう。当時、あなたの恋人だった。当然、捜査一課の目は桜子さんにも向く。あなたが野中に尾形さん殺害を……」

ここで羽賀が割りこんだ。

「僕ですよ。尾形という男に最後の一本を渡したのは。僕が珍しいたばこだと言って、シナシアンを大量に混ぜたたばこを渡したんです」

右京が羽賀のほうへと歩み寄る。

「あなたが尾形さんを殺害した理由はなんでしょう？」

羽賀はため息をつき、「あのおっさん、俺に言ったんですよ。お前みたいな奴は一生ここを抜け出せないって。ぶち殺したくなりましてね」と声を荒らげた。

「それは嘘ですね」

亘が指摘すると、桜子がたまらず立ち上がった。

「わたしを守らなくていい。羽賀さん、野中に頼まれたんでしょ？　義理の父親のあいつはクソみたいな奴だった。わたしと妹に暴力をふるったんです。わたしたちはいつも殴られていました。逃げ出したかった。でも、妹を残してはいけない。殺してほしいって野中に言ってみたの」

思い出したくない過去を打ち明け沈んだ顔の桜子に、右京が訊く。

「つまり、野中は恋人である桜子さんのために、羽賀さんに殺人を依頼した。そういうことですか？」

答えたのは羽賀だった。

「工事現場にあるシナシアンを使えば、バレずに人は殺せる。そう野中に冗談めかして話したことがあったんです。そしたらある日、野中が八十万円の金を持ってきて……」

「八十万円で殺人の依頼を受けたわけですね？」

亘が確認すると、羽賀が暗い目で語った。

「当時の僕はアメリカに行きたいけど金がなくて……。どうしてもその金が欲しかった。誰の父親かなんて知らなかった。ただ……殺すのは生きる価値のない男だって言われて……それで……」

目頭を押さえる羽賀に、桜子がびっくりしたような申し訳ないような顔で言った。

「あなたが殺してくれたんだ」

「殺害後、あなたは渡米し、英語力を身につけ、今に至る」

右京のことばに、羽賀が何度もうなずく。

「桜子さんは義理の父親から解放されて、実家を出たんですね」

亘の推測を、桜子が認めた。

「お前はこんなところにいちゃいけない。そう野中に言われて……」

「しかし、野中自身は元の居場所にとどまった」

「八十万円を工面するために闇金融と縁ができて、それが彼の生涯を決めた」

「その後、野中はもうおふたりの前に姿を現すことはなかった。一年前に事件を起こすまでは」

右京と亘が交互に事件の真相を推し量った。

「野中は逃亡資金を用立ててほしいと言ってきたんです。昔のことをつつかれるのが嫌だから、自首はできないって」

桜子の告白に羽賀が反応した。

「君のところにも来たのか」

「わたしはお金を渡すつもりでした。でも、野中はそれ以来、現れなかった」

桜子の証言を聞いて、右京が言った。

「おそらく野中はおふたりの秘密を守るために消えた。工藤さんと一緒に。ここからは僕の想像なんですがね、工藤さんはあなた方が野中と会うところを目撃した。そして、野中に接触したのでしょう。友人ふたりを守るために」

「工藤さんが野中を殺したと？」

　羽賀は信じられないという表情だった。亘が首を横に振った。

「そうは思えません。似ているところのある者同士、ある結論を出したのではないでしょうか」

「結論？」

　訊き返す桜子に右京が推理を語る。

「ええ、おそらく工藤さんは土地勘のある郷里の山中へ野中を連れていった。煙のように消えるために。工藤さんは、シナシアンの小瓶を差し出し、野中に最後の一服を勧めた。そして、野中はあなた方の秘密を抱えたまま消えた。工藤さんもその秘密を守るために、煙のように消えようとしたのでしょう。すべては僕の想像ではありますが」

「ふたりならあり得る行動です」

　羽賀が右京の推理を認めたところで、亘が告げた。

「おふたりには、殺人容疑でご同行願うことになりますが」

「言い訳はしません」

「いつかこんな日が来る気がしてました」

　罪を認める羽賀と桜子の前に、右京が左手の人差し指を立てた。

「最後にもうひとつだけ。我々に工藤さんの捜索を依頼すれば、ご自身の秘密に触れるかもしれないと思ったはずです。それでも今、工藤さんに会いたいと思った理由はなんでしょう?」

羽賀がシガーバーの店内をぐるっと見回してから言った。

「この店、来月閉店するんですよ」

「わたしの居場所はなくなる。その前にもう一度、三人であのシガーを吸いたかった」

桜子が穏やかな顔で回想する。「シガーを吸いながらくだらない話をするだけなのに、なんであんなに楽しかったのか……」

羽賀も力の抜けた表情で言った。

「野中とどこか似た工藤さんといると、落ち着いたのかもしれない」

右京がふたりに近づき、手製のリトルシガーを差し出した。

「工藤さんのものとは比べものにならないかもしれませんが……お約束のものです。僕たちで再現してみました」

「どうぞ」

亘に促され、ふたりはさっそくシガーに火をつけた。

「同じ香りです」一服した羽賀が感極まった声を出す。

「なにをブレンドしたの?」

涙声で桜子が訊く。

「たばこの葉の他に紅茶がブレンドしてありました」

「それからコーヒーも。それが独特の風味を生んだんでしょう」

右京と亘が種明かしをした。

「そうですか……」

「ありがとう……」

声を震わせる羽賀と桜子に右京が微笑《ほほえ》みかけた。

「最後の一本です。ごゆっくり」

第三話

「人生のお会計」

一

「癌《がん》です」

医師から単刀直入に告知されたとき、多くの人がそうなるように、谷中敏夫《やなかとしお》もことばに詰まった。

「えっ……」

しかも医師は包み隠さずに病状を告げた。

「それも非常に悪い状態です」

「悪いってどのくらい……？」

訊《き》きながらも谷中は気が遠くなりそうだった。

「このままいけば、余命は半年から一年かと。今後は谷中さんご自身がどうしたいのか、それに沿って治療を進めたいと思うのですが」

医師に責任はない。むしろ正直に告げてくれたことはありがたいのかもしれない。それでも谷中は思わず医師に詰め寄りそうになった。なんとか理性を働かせて、自分を抑えこむ。

「あの……ちなみに……僕と同じくらいの症状の人は、どういう感じで残りの人生を過ごしたりするんでしょうか？」

「人それぞれだと思いますが」

医師は返事に困ったようだった。しかし、谷中のほうがもっと困っていた。

「例えば、例えばで……」

「ご家族や大事な人と時間を過ごされたり……」

「独身で彼女もいないし、両親も死んでるんです」

谷中が懸命に訴える。

「では、今までしたくてもできなかったことに時間を使うとか」

「したくてもできなかったこと……」

谷中は医師のことばを嚙《か》みしめた。

病院を出た谷中が心ここにあらずという状態で、街をふらついていると、携帯電話の着信音が鳴った。谷中が勤める保険会社の上司の田中《たなか》からだった。

「……はい」

沈んだ声で電話に出ると、田中の苛立った声が聞こえてきた。

――谷中、今どこにいるんだよ。またサボってんのか。今月、契約取れてないのお前だけだぞ。

「僕なりに頑張ってはいるんですが……」

──足りないんだよ！　死ぬ気でやれよ、死ぬ気で。じゃあ、お前もうあれだ。今、目の前にある家のチャイム鳴らしてさ、飛びこみ営業かけてこいよ。

上司の「死ぬ気」ということばに谷中は皮肉な冗談を感じ取ったが、もう気持ちは自暴自棄だった。

ちょうど目の前に築年数の古そうな木造の一軒家があった。「山本《やまもと》」という表札が出ている。谷中はカバンから生命保険のパンフレットを取り出すと、玄関のチャイムに指を伸ばした。

そのときである。家の中から人が苦しむうめき声が聞こえてきたではないか。

異変を感じた谷中は続けざまにドアをノックし、「ちょっと、すいません。いかがされました？」と訊いたが、家の中から返事はない。試しにノブを回すと、鍵は掛かっていなかった。

ドアを開けて玄関に入った谷中は、うめき声がするほうへ急いだ。

仰天したことに、リビングで初老の男が梁《はり》から浴衣の帯で首を吊っていた。うめき声をあげながら、宙に浮いた足をバタつかせている。

「えっ！　なにやってるんですか！」

谷中は駆け寄ると、両手で男を抱え、なんとか救出することに成功した。

「なにやってるんですか……」

谷中が同じセリフを繰り返すと、男は荒い息をつきながら思いがけない打ち明け話を語った。

「十年前、ある男に娘が殺された」

「えっ？」

「こんな話あんたにしたって仕方ないんだけどさ。あんた、聞いてくれるよね？　せっかくもうおしまいにしようとしたところ、あんた邪魔したんだからね」

「はい……」

谷中はうなずくことしかできなかった。

「男は娘を殺したあと、行方不明になっていた。けど最近、たまたま見かけたんだよ。その場から俺はあとをつけて男を殺してやろうかと思った。そうすれば、俺の人生だって意味のあるものになるだろうし、それで娘にも報いてやれるだろうとそう思った。けど、できなかったんだよ……」

そう言って、男が啜《すす》り泣く。泣きながらも続けた。

「そうこうするうちさ、俺さ、男を見失っちゃって、それ以来あの男、また行方不明になったんだ。情けないよな。俺、自分で自分が嫌になっちゃった」

あまりに意外な話に、谷中は驚くばかりだった。

「それで、自殺をしようと思ったんですか？」

「うん。娘のためにも俺のためにも生きられないのなら、それってただ生きてるってだけじゃない。なんの意味もないじゃない。空っぽなんだよ！」

谷中はただ泣くばかりの男――この家の主人である山本幸一《こういち》――を呆然と見つめた。

その山本幸一が自宅で殺害されているのが見つかったのは三週間後のことだった。

捜査一課の芹沢慶二が、先輩の伊丹憲一に報告した。

「被害者は警備会社社員、山本幸一さん、六十三歳。後頭部を殴られて殺されたようですね。凶器はまだ見つかっていません」

「第一発見者は？」

伊丹の質問に、芹沢が即答する。

「同じ職場の男性が今朝、山本さんを訪ねたところ、応答がなくて、鍵が開いていたので部屋に入ってみると、この状態だったと」

「男六十、寂しいひとり暮らしか……」

遺体の傍《かたわ》らでつぶやく伊丹のもとに、部屋の奥から冠城亘が女性の写真を携えてやってきた。

「伊丹さん、これ娘さんですかね？」

「ちょっと、なんで彼がいるんです？」

芹沢が目を瞠《みは》った。

伊丹は苦々しげな顔で、数日前のできごとを思い出した……。

警視庁の廊下を歩いていると、空の段ボール箱を運ぶ亘と鉢合わせしたのだ。

——あっ、すいません。大丈夫ですか？

謝る亘に伊丹は嫌みを言った。

——段ボールを運ぶために警察官になるとはね……。俺にはできねえ。ちゃんと働け。

すると亘がこう返した。

——ああ、そうだ。この間、同期で飲んだんですけどもね、上司にしたいランキング、伊丹さん二位でしたよ。

そう言われて、一位が気にならないはずがない。当然のごとく質問すると、なんと一位は特命係の変人、杉下右京だという。

——んなわけねえだろ。

と受け流すと、亘が頭を下げて頼んだのだ。

——ですよね。伊丹さんこそ理想の上司です。右京さんの下にいてもなんの勉強にもならないですからね。警察官になったからには、伊丹さんのような優秀な刑事の下で働いてみたいもんです。一度、勉強させてください。

だから、今回連れてきたのだが……。

特命係の小部屋ではサイバーセキュリティ対策本部の青木年男が、組織犯罪対策五課長の角田六郎に、亘が伊丹について捜査するようになった事情を説明していた。

「ふ～ん。だからあいつが捜査に参加してるのか」

呆れたような声を出す角田の傍らで、青木は持ちこんだ山本殺しの捜査資料をホワイトボードに貼り出していた。

「あの人、誰の下についてるつもりもないと思いますよ。自分が誰よりも上だと思ってるし、それを証明したいんじゃないですか？」

「でも、それをなんでお前が知ってんだよ」

角田が疑問を投げかけると、青木がにやりとした。

「冠城さんとは仲いいんで。上司にしたいランキングの話したときの飲み会にもいましたし」

ここまで紅茶を片手に静観していたこの部屋の主が、青木に質問した。

「で、あなたが僕にその情報を見せたい真意とはなんですか？」

「冠城さんにあんまり調子に乗られちゃうと困っちゃうんで。杉下さんにこの事件解決してもらおうと」

「それは僕がこの事件に首を突っこむ理由にはなりませんよ」

右京は一笑に付そうとしたが、青木は諦めなかった。

「だとしても、事件が早く解決すれば被害者のためになりますよね。なにかおかしいこと言ってますか?」

「いや、おかしなことを言ってるようには聞こえませんね」右京は認め、ホワイトボードの情報に目を通しはじめた。「では、ちょっと失礼して。おや、この仏壇は?」

右京が興味を示したのは現場写真の一枚だった。

「それは山本さんの娘、康子《やすこ》さんのもので、十年前に死んでるようです」

右京がその写真をつぶさに眺める。

「これ、仏壇に置いてあるの、名刺でしょうかね?」

角田が黒縁眼鏡を頭の上にずらして、のぞきこむ。

「ん? なんかこの名刺……」

「ええ、一度クシャクシャにしたものを手で伸ばしたような、そんな感じでしょうか」

右京の指摘するとおり、名刺はしわだらけだった。

「気になります?」

青木の問いかけに、右京は「いささか」と応じた。

角田は別のことが気になったようだった。

「ちなみに、俺は上司にしたいランキング何位だった?」

角田が右京の口ぶりをまねた。

「……いささか」

「気になります？」

二

谷中敏夫が勤務する保険会社のデスクで仕事をしていると、上司の田中がやってきた。

「谷中、お前に話を聞きたいって人が来てるぞ」

訪ねてきたのは右京だった。

応接スペースに移動した谷中は特命係の刑事にこう説明した。

「山本さんのお宅には、三週間前に飛びこみの営業で行っただけです」

「仏壇にあなたの名刺が置かれていましたが、ではそれはそのときにお渡ししたものでしょうかね？」

細かいことが気になる習性の右京が訊くと、谷中は「ええ」とうなずいた。

「そのときに、なにかトラブルの類《たぐ》いはありませんでしたか？」

「ないですよ」谷中が否定する。「なんですか？　山本さん、僕のことなにか言ったんですか？」

「いいえ、山本さんはお亡くなりになりましたので」

右京のことばに、谷中が興奮して声を上げた。

「はあ？　そんなわけないでしょう！　あっ、いや、すいません。あの……自殺ですか？」

「詳しいことはお話しできませんが、事件と事故の両面で捜査をしているようです」

「事件ってどういうことですか？　山本さんは誰かに殺されたかもしれないってことですか？」

動揺したり落ち着きを取り戻したり、挙動の怪しい谷中を興味深げに眺めながら、右京が言った。

「かもしれないということですね」

「そんな……」

谷中が目を泳がせると、ドアが開いて伊丹と芹沢、それに亘が入ってきた。

「なんでここに警部殿がいるんですか？」

呆れる伊丹に、右京は「おや、これは奇遇ですねえ」と返した。

「なにを話してたんです？」

伊丹が詮索しようとするが、右京はとぼけた。

「特にこれといって……」

「谷中さん、署までご同行願えますか」

警察手帳をかざして芹沢が要求する。とまどう谷中に伊丹が言った。

「山本幸一さんの件でお話を聞きたいんでね」

伊丹と芹沢が谷中を連行する。その後ろからそっとついていこうとした亘を右京が呼び止めた。

「冠城くん。なぜ谷中さんを警察に連行するのでしょう？」

「死んだ山本さんに保険がかけられていて、その受取人が谷中さんだったんです」

亘が耳打ちすると、右京が話を整理した。

「つまり、谷中さんが勧めた保険に山本さんが入り、その受取人が谷中さんだった……」

「みたいですね」

「そうですか」

右京の眼鏡の奥の瞳が輝いた。

谷中の取り調べは最寄りの所轄署の取調室でおこなわれた。

「ですから、身の上話みたいな感じになって、そのときまったく契約の取れない自分を不憫《ふびん》に思って、山本さんが保険に入ってくれたんですよ」

谷中は経緯《いきさつ》をこう説明したが、伊丹は納得しなかった。

「そもそもなんで、お前が受取人なんだよ。おかしいだろ」

谷中が神妙な顔で証言する。

「それは僕も断ったんですけど、自分には身寄りもないし、そのうちに受取人を変えればいいことだって言われて、僕も契約を取らなければまずい感じだったので、契約してもらっただけですよ」

取り調べがおこなわれている間、右京は山本の家に入り、自分の目で現場をじっくりと見分していた。なにごとも見逃さない右京の目が、リビングの梁をとらえた。

結局、谷中にはアリバイが成立し、帰されることになった。ふらふらと取調室から出ていく谷中の背中を見ながら、亘が言った。

「あいつ、帰しちゃっていいんですか?」

「しょうがねえだろ。アリバイが出ちまったんだから」伊丹は吐き捨てると、なおも承服できないようすの亘に嚙みついた。「なんだよ!」

亘は「勉強になります」とおざなりに頭を下げ、所轄署をあとにした。

亘が車で向かったのは、谷中のアパートだった。到着すると、部屋の前で右京が谷中の帰りを待っていた。

「やっぱりいましたね」

「そちらは、もう十分に話を聞いたのではありませんか？」

亘と右京がそんなやりとりをしているところへ、疲れ切ったようすの谷中が戻ってきた。

「なにしてるんです？」

「お疲れのところ申し訳ない」右京が谷中を迎えた。「少しお話をうかがえたらと思いまして」

「なんですか？」谷中が不機嫌に応じた。

「山本さんの死をお伝えしたときに、あなたは自殺ですか、とおっしゃいました。そのことばがいささか気になりましてね」

谷中はドアの鍵を開けながら、「山本さんが殺される理由なんてないと思ったから」と答えた。

「しかし、自殺ならば思い当たる理由がある」

右京が推測を口にすると、谷中はすぐに「ないですよ」と否定した。

ここで右京が大胆な仮説を口にした。

「これ、僕の勝手な推測なんですがね、山本さんは自殺をしようと思っていた。ところが、あなたがそれを思いとどまらせてくれた。その感謝の意をこめて保険の契約をした。いかがでしょう？」

「僕はそんなたいした人間じゃないですよ。もういいでしょう？」

谷中はドアを開けて、部屋の中に入っていった。右京のもとへ亘がやってきた。

「右京さん、なんかつかんでるんですか？」

「君たちが谷中の取り調べをしている間、僕は殺された山本さんの家に行ってみました。中央の梁にほこりがぬぐい取られたような跡がありました。真っすぐ線のような形で。なにか布状のものを引っかけた跡のような……」

右京の言いたいことを亘が察した。

「山本さんが首を吊ろうとした跡ですか」

「そうかもしれません。しかし、山本さんの死因は自殺ではない。とすると、自殺を図ったが途中で中止したか、もしくはそれを助けた人物がいる」

「勉強になります」

亘が心をこめて、頭を下げた。

谷中の部屋には、いくつも貼り紙があった。

――男には、生涯に一度は決断発奮するときがあるんだ。

――真実の山では、登って無駄に終わることは決してない。

――人は何回やりそこなっても、もういっぺん勇気を出せば、かならずものになる。

――死後に生まれる人もいる。

――自分を好きになれ！

貼り紙には自分を鼓舞するようなことばが記されていた。

谷中がその貼り紙を見ていると、携帯電話が鳴った。相手は旧友の小松崎《こまつざき》だった。

「もしもし？」

――おお、谷中？　お前、同窓会どうすんだよ。返事もらってないのお前だけなんだけど。

「ごめん、ちょっと行けないわ」

――えっ、なんで？

「したくてもできなかったこと、やってるから」

――えっ？

「それに、もうその頃にはこっちにいないと思うから」

谷中はそう答えると電話を切り、机の引き出しを開けた。中には拳銃が入っていた。

三

翌朝、特命係の小部屋で亘と角田が話をしていた。

「じゃあ、殺された山本さんの娘は自殺だったってことか」

パンダのついたマグカップに特命係のコーヒーサーバーからコーヒーをせしめた角田が言うと、亘がうなずいた。

「ええ。当時勤めていた会社で横領したようで、それが発覚したあと、崖から身を投げて」

「なんでまた横領なんか」

「当時付き合ってた、田島高司《たじまたかし》という男のためらしいんですけどね。山本さんの娘、康子さんが死んだあとも、田島は罪に問われることなく、そのあと行方をくらましてます」

「なんとも後味の悪い話だね」

そう感想を述べると、角田はコーヒーをひと口すすった。

「山本さんは相当、田島を恨んでいたようです」

亘のことばに、自分のデスクで紅茶を飲んでいた右京が意見を述べた。

「まあ、娘を殺されたようなものですから、当然といえば当然でしょうねえ」

「一課もその情報はつかんでんだろ？」と角田。

「ええ、でも、今はそれどころじゃないみたいですよ」

「えっ？」

「第一発見者の須藤《すどう》って男、取り調べてます」

　亘が一課の事情を語った。


　その頃、亘のことばどおり、伊丹は所轄署の取調室で、山本と同じ職場で働く警備員の須藤を尋問していた。

「山本さんと険悪だったのは調べがついてんだよ。金貸してたんだろう？　だけど、全然返してくれないから、職場で随分もめてたそうじゃねえか」

「いやあ、それは……」

　須藤が口ごもると、芹沢が身を乗り出した。

「あなたが山本さんのことを殺してやりたいと言っていたのを聞いた人がいるんです」

「そ……そんなの本気じゃないっすよ」

「じゃあ、なんであの日、山本さんの家に行ったんだ？」

「いや、金返すって言われたから行っただけですよ」

　容疑を否認する須藤に、伊丹が怖い顔で迫った。

「おお、そうか。山本さんの家にある仏壇の引き出しから銀行の封筒が何枚も出てんだが、中身が全部空なんだよ。お前が抜いていったんだろう!」

特命係の小部屋では、まだ角田と亘の会話が続いていた。

「お前、あっちの捜査に参加しないでいいのかよ」

「たしかに封筒の件は気になりますけど、それより田島のほうが気になりますね」

「田島が山本さんの事件にどう絡んでくるんだ?」

角田が訊くと、亘は答えず右京に助けを求めた。

「あの……どう思います?」

右京は紅茶を口に運び、「今のところ、まだなんとも言えませんねえ」と答えた。

「田島が勤めていたホストクラブの場所わかったんで、そこに行ってみましょう」

亘が提案し、右京と自分のネームプレートを裏返した。主導権を握られ、右京はむすっとした顔で紅茶を飲み干して立ち上がった。

そのホストクラブは開店前だった。照明を落とした薄暗い店内で、店長の高橋《たかはし》が言った。

「田島?」

「ええ。十年前、この店で働いてた。覚えてません？」

亘のことばに高橋はうんざりした顔になる。

「また田島ですか……」

「また田島とは？」右京が興味を覚えた。

「いいえ、ちょっと前にも田島のことを訊かれたので」

「誰にです？」

亘が訊くと、高橋がその人物の名前を告げた。

「谷中さんって人です」

高橋がそのときの谷中の奇妙なふるまいを語った……。

――足洗って、地元に帰ったって噂ですよ。

高橋は田島の居場所を知らなかったので、そう答えたのだが、谷中は引かなかった。

――いや、こっちに戻ってるはずなんです。

――僕はちょっとわからないですよ。田島とはあれ以来連絡取ってませんから。

――あっ、じゃあ、田島の連絡先を知ってそうな人教えてください。あと、当時の従業員名簿を見せてもらってもよろしいですか？

無茶な要求を突きつける谷中を、「そういうの個人情報なので。すみません、今日のところはお引き取りください」と追い払おうとしたら、谷中はこう申し出たという。

――見せてくれたらシャンパンタワーをやります。

谷中は実際にシャンパンタワーに挑戦した。タワーのてっぺんからシャンパンを注ぐ高橋は谷中の懐具合が不安になり、何度も「お会計大丈夫ですか?」と確認したが、谷中は譲らなかった。

――小さい頃から貯金が趣味で、コツコツ貯めてきたお金があるから、大丈夫です。

――それは、ここで使って大丈夫なお金ですか?

――大丈夫。もう全部ここで使ってもいいくらいです。

あのとき谷中はなにかに憑《つ》かれたような目で、タワーの上からシャンパンを注いでいた……。

「結局、谷中さんはいくらぐらい使ったんです?」

亘の質問に、高橋は少しためらったあと、「五百万ほど」と答えた。

「コツコツと貯めたお金をひと晩で五百万……」

驚きを露《あら》わにする右京に、高橋は「途中で何度もお止めしたんですけど、もう別にいいんだって聞かなくて」と首を振った。

「で、従業員名簿は見せたのですか?」

右京が訊くと、高橋は困った顔になった。

「いやいやいや……使っていただいた金額が金額だったので、当時の関係者をたどって田島の住所を調べ上げてお伝えしました。だってなんか、あの人怖かったし」

高橋の意外なひと言に亘が反応した。

「ん？　谷中さんがですか？」

「ええ。だってあの人、ヤクザですよね？」

そう言って、高橋がその晩の谷中を撮ったポラロイド写真を見せた。シャツをはだけた谷中の背中一面に大きな鯉《こい》の入れ墨が彫られていた。

「これまた、どういうことなんですかね？」

亘は右京と顔を見合わせた。

四

翌日、右京と亘は田島の家を訪問した。まだ新しい一軒家の前の路上で洗車している男を遠巻きにし、亘が説明した。

「田島高司、行方をくらませたあと、しばらくフラフラしてたみたいなんですけど、五年前こっちに戻ってきて就職してます」

住居と愛車に目を走らせた右京が「随分といい暮らしをしているようですねえ」と感想を述べると、亘が情報を補足した。

「就職した先で社長の娘を口説き落として、結婚まで漕《こ》ぎ着けたようです。まあ、今は会社にも行かず、家のパソコンで株やってるみたいですけども」

「行きましょう」

田島は特命係のふたりの刑事にガレージで対応した。

「だから、康子のことはもう関係ないだろう」

不機嫌に突っぱねる田島に、右京が説く。

「あなたにとってはそうかもしれませんが、そうは思わない人もいるんじゃありませんかねえ」

「そもそも俺、横領してまで金よこせなんて言ってないんだよ。あいつが勝手に横領して、勝手に死んだだけだろ」

「それはまた、随分なことを言いますね」

亘も非難の感情をにじませたが、田島は聞く耳を持たなかった。

「あれはもう終わったことで、俺は今、真面目に生きてるし、こういう蒸し返すようなことされると困るんだよ」

「奥さんは康子さんのことを知らないんですか？」

亘が痛いところをつくと、田島は「当たり前だろ」と吐き捨てた。

「なるほど。昔のことを公にされると、いろいろと困ることもあるのでしょうねえ」右京は慇懃《いんぎん》無礼に述べたあと、人差し指を立てた。「最後にもうひとつだけ。この方なんですがね、ご存じありませんかね？」

右京が背中に入れ墨のある谷中の写真を掲げたが、田島は見もせずに自宅の玄関に逃げ帰った。

「もう関係ないだろ。もう二度と来ないでくれ！」

「随分あっぱれな野郎ですね」

亘が感心したように漏らしたとき、右京のスマホが振動した。角田からの電話だった。

「杉下です」

――これ特徴あるから誰が彫ったか、すぐわかるわ。新宿の三丁目にある〈矢沢ビル〉って建物の四階へ行ってみろ。ああ、あとちょっと調べてみたんだけどな、気になる情報があったぞ……。

「さすが課長。助かります」

電話を切った右京に、亘が訊く。

「で、どうします？」

「君、角田課長に同行してください。僕はこっちを」

右京が再び入れ墨の写真を掲げた。

右京は角田の情報をもとに〈矢沢ビル〉の四階を訪れ、彫り師に例の写真を見せた。

「ああ、これたしかに俺が入れた入れ墨だよ」

自作の入れ墨の写真がたくさん飾られた室内で、彫り師が簡単に認めた。

「この人のことは覚えていますか？」

「ああ。おかしな奴だったよ」

「おかしな奴と言いますと？」

彫り師が写真を指さして鼻を鳴らす。

「これぐらいの入れ墨入れようと思ったら、普通、何か月もかかるもんなんだけどさ、こいつ一週間で入れてくれって言うんだよ」

「一週間で？」

「そんなことしたら身体壊しちゃうからって断ったんだけど、なんか時間がないからって押し切られちゃったんだよ」

「時間がない……ですか」

右京が考えこみながら、谷中のことばを反復した。

角田と亘は暴力団「銀星会」の事務所を訪問していた。会長の佐山泰三《さやまたいぞう》が強面《こわもて》で訊いた。

「今日はどのようなご用件で?」

ソファに腰かけた角田はいつもどおりの飄々《ひょうひょう》とした態度で、「ちょっと面白い話が出てきたんでね」と切り出した。

「と言うと?」

「この人ご存じないですか?」

亘が谷中敏夫の写真をかざした。

「さあ、見たことありませんなあ」

佐山は悠長な口調で否定したが、角田は信じていなかった。

「とぼけんなよ。ある筋からこいつがこの事務所に出入りしてたのは聞いてんだ」

「この人なにしに来たんです?」

再び亘が訊く。

「勘弁してくださいよ。いきなり来て、なんなんですか?」

「いきなり来すぎて、いろいろ隠さなきゃいけないものも隠せてないだろう?」

角田がかまをかけると、同席していた組員たちの顔に動揺が走った。

「話を聞かせてくれたら、真っすぐ帰りますから」

亘が促すと、佐山が重たい口を開いた。

「二十日ほど前、いきなり来ましてね。拳銃を売ってください、と言うんです。ここはカタギの人が来るような場所じゃねえって追い返したんですが、一週間後、またそいつが来やがって、今度は背中に立派な入れ墨を背負ってやがったんですよ」

「それで拳銃を売ったのか」

角田は佐山の耳元に顔を近づけ確認すると、スマホを操作して、「いいぞ、入れ」と言った。

次の瞬間、ドアが開き、令状を持った大木長十郎の「ガサ入れだ！」という合図とともに、小松真琴ら組織犯罪対策五課の面々が入ってきた。

それを見届けた亘が、「角田さん、先戻ります」と去っていく。

「おい、ちょっと！　どういうつもりだ？」

気色ばむ佐山に、角田は「なにが？」ととぼけた。

「話したら真っすぐ帰るって！」

「俺はひと言もそんなこと言ってない」

たしかに言ったのは角田ではなく、亘だった。

特命係の小部屋に戻り、亘は右京に報告した。

「では、入れ墨を入れたのは拳銃を手に入れるため……」

腑《ふ》に落ちたようすの右京に、亘が言った。

「なかなか思い切った行動をしますね。普通、できないですよ」

「谷中さんにはあまり時間が残されていないようですからねえ」

右京のことばが、亘には腑に落ちないようだった。

「どういうことです？」

「自宅の近くや会社の近くの病院をあたってみたところ、彼の主治医にお会いすることができたのですが、『お祭しください』のひと言しかいただけず、かわされました」

「病気ですか……」

亘もようやく事態を呑みこんだ。

「谷中さんのこれまでの言動からもしやと思いましてね」

「後先考えずにいろいろ急いでた理由は、それですか」

「おそらく」

右京が認めたので、亘は確信を抱いた。

「谷中は自分の命が尽きる前に田島を殺そうとしてる。きっと、山本さんのためなんでしょうけど、なんでそこまで……」

「なんにせよ、谷中さんがそのつもりならば、あまりのんびりしている時間はありませんよ」

「ですね」

右京が上着に袖を通しながら命じた。

「君は田島の家に向かってください。僕は谷中さんの家に行ってみます」

田島は亘に対してけんもほろろの応対をした。

「二度と来るなって言ったはずだぞ」

「いや、そういうわけにもいかなくて……」

「はあ？」

田島が顔を曇らせたとき、妻の裕子《ゆうこ》が家から出てきた。

「あなた、ちょっと出かけてきます」

「あっ、うん。気をつけろよ」

田島は一転、優しい声で妻を送り出した。戻ってきた田島の前に、亘が谷中敏夫の顔写真を掲げた。

「この方をご存じですか？」

田島は写真を奪い取ると、「ああ、保険屋だろ？　こいつがどうかしたのかよ？」と答えた。

「えっ？」

「一度、うちで保険の説明受けた」

「いつです？」

「五日ぐらい前か」

「ただ保険の説明を受けただけ？」

亘の意図がわからず、田島が苛立つ。

「そうだよ。それが、どうかしたのかよ？」

亘がようやく訪問意図を明らかにした。

「この男はあなたの命を奪おうとしてる可能性があります」

「はあ？　なんで俺がこいつに殺されなきゃいけないんだよ」

戸惑う田島に、亘が冷たく告げた。

「あなたが山本さんの娘を殺したからじゃないですか？」

「あ？」

「そう思ってる人からしたら、あなたを殺す理由になるでしょ」

「帰れ。帰れ！」

田島は憤慨し、亘を追い返した。


右京は谷中の部屋で証拠品を物色していた。壁の貼り紙も異様だったが、机の引き出しの中で見つけた大学ノートの書きこみは決定的だった。ノートには、「罪を犯しても確実に逃げ切れるのか」という見出しのもと、克明な計画がメモされていたのだ。

右京がノートに目を通していると、スマホが振動した。

「杉下です」

通話口から聞こえてきたのは亘の声だった。

――五日前、谷中は田島の家で田島に会ってます。

「ほう」

――なんでそのとき殺さなかったんですかね？　もうそのときは拳銃を手に入れてたはずです。

「ですねえ」

田島の家の近くに停めた車にもたれかかり亘が右京との通話を終えたとき、田島が息を切らして走ってきた。

「おい！　助けてくれ！　裕子が……妻があいつに殺される。あの写真の男だ！　あいつが妻を拉致して殺そうとしてるんだ」

田島がスマホを差し出した。差出人不明のメールには「さよならを言え」という本文とともに、田島の妻の写真が添付されていた。場所はどこかの喫茶店のように見受けられた。

「奥さんに電話してみてください」

田島が言われたとおりにすると、すぐに妻の裕子が電話に出た。

──もしもし？

「おい！　今どこにいる？　なにしてんだ？」

──保険屋さんから説明受けてるのよ。

「おい、そいつは……」

──店内で電話使うと迷惑になるから切るよ。

「おい！　おい！」

田島が危険を知らせる間もなく、裕子は電話を切ってしまった。

顔色の変わった田島に、亘が訊いた。

「どこの喫茶店かわかりますか？」

「多分、ここからそんなに離れてないところだと思う。駅前の喫茶店とか」

「田島さんは家に入って、奥さんに電話し続けてください。外に出ないように」

「はい」

亘の指示を受け、田島は慌てて家に駆け戻り、玄関の内側から施錠した。

リビングへ移動した田島は、焦りながら再び、裕子の携帯番号にコールした。

「もしもし、もしもし！」

「お前の目の前にいる奴は危ない奴なんだ。今すぐそいつから離れろ！」

――もう、なに？

――そいつって保険屋さんのこと？

「そうだよ。目の前にいるだろ？」

――トイレに行ってる。

「はあ？」

――でも、なんか全然トイレから戻ってこないのよ。ねえ、保険屋さんがあなたの秘密を知ってるって言ってたんだけど、なんなの？

田島はしかし、裕子の質問に答えることはできなかった。なぜなら、拳銃を構えた谷中がいつの間にか目の前に現れていたからである。

――どうしたの？

スマホのスピーカーから裕子の声が、むなしく響いた。

「やられましたねえ」

田島邸に着くなり、右京が言った。亘には「はい」と答えるしかなかった。すでに捜査陣が到着しており、邸内は刑事や鑑識捜査員たちでいっぱいだった。

「おそらく谷中さんは今日、ここへ来るつもりだったのでしょうねえ。ところが、君が先に来ていた。それをどこかで見ていたのでしょうねえ。計画を変更して、奥さんを喫茶店に呼び出し、写真を撮り、メッセージを添えて田島さんに送りつけた。君をここから引き離し、その隙に家に忍びこみ田島さんを連れ去った」

右京が犯行のあらましをそう読んだ。言いながら、キッチンの収納庫などを、手を休めることなく検《あらた》めていく。シンク下の戸棚を開けた右京は、包丁を差しておくスペースに不自然な空きがあるのを目ざとく見つけた。

「なに考えてんですかね？　あいつ。田島を殺すだけならここでできたはずです」

亘が疑問を呈すると、右京は頭を整理するように考えながら語った。

「ええ、そのとおりですねえ。連れ出す理由があり、そしてそれは『そこ』でなければならない場所……」ここまで語って、右京はなにかに気づいたようだった。「なるほど。冠城くん、行きましょう」

「どこですか？」

戸惑う相棒を、右京が促した。

「詳しいことは車の中で」

谷中は田島に拳銃を向け、車を運転させていた。目的地は地元で自殺の名所として有名な眺めのよい崖だった。崖に通じる道の手前に駐車場が設けられていたが、車は他に停まっていなかった。

車のキーを田島から預かった谷中は、拳銃を誇示して言った。

「降りてください」

駐車場の脇には「監視カメラ作動中」という看板が立っている。自殺者を牽制《けんせい》するためのものだろうと思われた。

「どこへ連れてくんだ？」

田島の声は裏返っていた。谷中はハンカチで覆った右手を田島の背中に押し付け、崖へ続く道をたどりながら、冷静な口ぶりで言った。

「自分が死ぬなんて信じられないでしょう。みんな死ぬことを前提に生きているわけですけど、それをなかなか自覚できないじゃないですか。自分は今、どうしたってここに存在としてあるわけだから、ここにあるものがなくなっちゃうなんて、自覚しろってほうが難しいわけですよ。でも例えば病気でね、死というものを目の前に置かれたとき、いろいろと考えるわけですよ。死ぬことについて考えるわけじゃないですよ。生きるということについて、いろいろと考えるわけです」

「俺を殺すのか？」

崖に近くなったところで、田島が声を震わせた。谷中は小さく笑った。

「だから言ってるじゃないですか。生きることについて考えましょうよ」

やがてふたりは崖の先端に到着した。

「止まってください。そのまま。そのままです」

監視カメラの死角であることを確認し、谷中は田島の右手に、そっと包丁を握らせた。田島邸に侵入したときに盗んできたものだった。

そうして谷中は自分から崖の先のほうへと移動した。監視カメラの視野に入ったのである。自己防衛のために包丁を前に出す田島に向かって、谷中が言った。

「ここがどこだかわかりますか？　山本さんの娘さんが自殺した場所ですよ」

「あれは……あれは誤解なんだ」

田島が弁解したが、谷中は意に介さなかった。

「そんなことはもうどうでもいいんですよ」

そのとき、足音とともに「やめろ！」という声が聞こえた。声の主は亘。特命係のふたりが駆けつけてきたのだった。

田島ははたから見れば自分が谷中を脅しているように見えることを自覚し、すぐさま弁明した。

「違う。この包丁はこいつが……。助けてくれ！」

それを承知していた右京が首謀者のほうに語りかけた。

「谷中さん、あなたは山本さんのために復讐《ふくしゅう》しようとしているんですね」

「ええ」谷中は隠そうともしなかった。

「なぜです？　山本さんとは面識もない間柄だったのでしょう？」

右京が理由を問うと、谷中は悪びれもせずに述べはじめた。

「病院で余命宣告を受けて、自分の人生と向き合いました。平凡でなんにもない人生でした。だから最後くらい、やりたかったことや、なりたかったものに触れるような、そんな時間を過ごしたいと思ったんです。僕が田島さんを殺すことができれば、人のために生きることができるかもしれないと思ったんです」

「人のために生きてみたいと思っていたのですか？」

「ええ。だってそんなのかっこいいけど、実は誰にもできないんじゃないかと思ってたから」

谷中の脳裏にあのときの場面が蘇《よみがえ》る。自殺しようとした山本幸一を助けたあのときの場面が……。

山本の身の上話を聞いて同情した谷中は名刺を渡して、言ったのだった。

——谷中と申します。僕がやりますよ。

——どうやって？

山本が訊いたが、そのときにはまだ具体的なプランは考えていなかった。

——とりあえず田島を捜して、見つけたら……。

——刃物で？

——刃物は……ちょっと痛い感じがしますね。

——電車……ホームに、こう落とす……。

——ダメです。あれはすごく迷惑がかかるじゃないですか。あれは本当にダメです。

急《せ》きこむ山本を諫《いさ》めながらも、谷中は断言したのだ。

——でも、絶対やりますから。

——ありがとう。ありがとう！

あのときの山本の喜びぶりは忘れられない。拝むように手をすり合わせたので、手にした名刺はクシャクシャになってしまった。恐れ多いことをしてしまったとばかりに、名刺のしわを掌で伸ばした山本は、仏壇の康子の遺影の横に名刺をお供えして、喜びにむせび泣いた。

——康子！　これでやっと復讐ができるぞ！

あの瞬間、谷中は残りの人生でなにをやるべきか腹を決めたのだ……。

谷中の回想を聞いた右京が言った。

「そうして山本さんは、あなたへの感謝の証《あか》しとして保険の契約を結んだ」

「それは、本当にしなくていいことだったんですけど」

「人のために生きるという希望を胸に、あなたはまず拳銃を手に入れることを考えた」

告発する右京に、亘がかぶせた。

「拳銃なら殺せると思ったのか」

谷中の代わりに右京が答えた。

「最初はそうだったかもしれませんが、今はそのつもりはないでしょう。谷中さんはきっと、人を殺せるような人間ではないのでしょうねえ。その上で復讐する術《すべ》を考えたときに、自らの短い命を利用することを思いついた。絶対に捕まらない方法を調べ上げ、それには当てはまらない、絶対に捕まる方法をもって田島さんに復讐することを思いついた。違いますか？」

右京の説明を聞いた田島が困惑する。

「どういうことだよ？」

「この崖には監視カメラが設置されています。今のふたりの状況をカメラで見れば、まるで谷中さんが田島さんに刃物で脅されているように見えます。もし谷中さんのほうから刃物に飛びこんでも、田島さんが刺したように見える。その包丁は田島さんの家から持ち出したものです。妻に秘密をバラすと言われた田島さんには谷中さんを殺す動機がある。言い逃れできない状況を作った上で、田島さんを絶対に刑務所に入れるために自らを殺させようとしたのでしょう？」

「すごいな」

完璧に行動を読まれた谷中がつぶやいた。

「田島さんを殺すことで苦しめるのではなく、苦しみの中で生きる罰を与えようとしたのですね？」

「死ぬこと自体はきっと苦しみじゃないんですよ。苦しみっていうのは、きっと山本さんのようにつらいのに生きなきゃいけないことですよ」

谷中の語るきれいごとに、田島が反応した。

「違う。山本は……あいつはそんなんじゃない」

「えっ？」田島の予想外のことばに谷中が驚く。

「どこで調べたのか知らないけど、あいつが俺に連絡してきて金をよこせって脅したんだ！」

「谷中、お前が山本さんに田島の連絡先教えたのか？」

亘が鋭く質問を投げかけると、谷中はふいをつかれたように答えた。

「そうだけど……」

田島が語る。

「全部バラして、今の生活をめちゃくちゃにしてやるって言われた。俺は何度もあいつの家に呼び出されたんだ」

「まさか、そんな……」

谷中が呆然とするなか、右京が言った。

「おそらくそれは本当のことでしょう。山本さんの家から銀行の封筒が見つかっています。田島さんが渡したものですね?」

「そうだよ。俺が渡したんだよ」

ここで亘が一歩前に出た。田島を告発する。

「お前、山本さんが殺された日も呼び出されたんじゃないのか? お前が山本さんを殺したんだ」

「えっ?」

谷中はそのことに思い至っていなかった。

「いや……」

答えあぐねる田島に、谷中がハンカチで覆った右手を向ける。

「どうなんだ? どうなんだよ!」

右京が谷中に忠告した。

「あまり興奮しないでください。引き金に力が入ると拳銃から弾が出ちゃいますよ」

「どうなんだよ!」

歩み寄る谷中に気圧《けお》されて、田島が罪を認めた。

「仕方なかったんだよ! あの日も脅されて、揚げ句に一生許さないって言われて。このままじゃ身の破滅だと思ったんだよ！」

　この告白に、亘が声を荒らげた。

「娘の仏壇の前で、娘が見てる前で……どうやったらその父親を殺せるんだ！」

「それだって別にポーズだろうよ。拝んでるふりして、金が入ってしめしめって思ってるだけだろう」

　言い張る田島を、右京が諭す。

「しかし、娘を思う気持ちももちろんあったはずです」

「そんなもんねえよ！　もしそうだったとしたら、娘使って金を脅し取ろうとしねえよ！」

「そういう復讐の仕方だってありますよ。実際にあなたはそれで苦しんだわけですから」

　右京は田島にそう告げると、谷中のもとへと近づいた。

「谷中さん、もういいでしょう」

　右京が谷中の右手を覆ったハンカチを外す。そこには拳銃などなかった。

「拳銃はもうどこかに捨ててしまったのですね。そうでなければ、田島さんは正当防衛で罪を逃れてしまいますからね」

「騙《だま》したな！」

田島が地面にくずおれるのを見て、谷中が右京に言った。

「すごいな……あなた、本当にすごいですよ」

「お褒めのことばなら、どうもありがとう」

「全部台無しにしちゃって、本当すごいよ」そう言うと、谷中は崖っぷちへと走っていく。「なんにもない人生だったんだから、せめて最後は人のために生きることができたって思わせてほしかったな……」

自暴自棄になっている谷中を、右京が説得しようとする。

「だとしたら谷中さん、あなたがここで死ぬことは、人のために生きるのとは正反対の道を選んだことになるのではありませんか？」

「えっ？」

「ここで自殺をすれば、この場所を大切にしている人たちを不幸にすることになります。あなたは美しい死を選んだつもりかもしれませんが、周りの人たちにとってははた迷惑な死でしかありません。駅のホームで電車に飛びこむのとなにが違うのでしょう？　いいですか、谷中さん。あなたの命は決してあなたひとりのものではありませんよ！　あなたがここで死なないというだけでも、人のために生きたということになると思うのですが」

右京のことばが谷中の胸に届いた。

「この場所を大切にしている人とか？」

「そうです」右京が力強く肯定する。

谷中は地面にはいつくばる田島に目を遣《や》った。

「あの人、今度こそ絶対に刑務所に入れてください」

「ええ」右京が約束する。「あなたのおかげで山本さん殺しを自供してくれましたからね」

「目的……達成したじゃないですか」

亘の指摘に、谷中が天を仰いで力なく笑った。

「本当だ。けど、俺……なんにもしてないや」


数日後、病院の診察室で谷中の主治医が検査結果に目を瞠っていた。

「数値が回復してきたね」

「えっ？」上半身裸のまま、谷中が驚く。

「もしかしたらも、あるかもしれないよ」

主治医のことばに、谷中は背中の入れ墨のことを思うと、笑っていいのか泣いていいのかわからなかった。

「マジかよ……」

小料理屋〈花の里〉では、右京と亘がいつものように酒を飲んでいた。

「そういえば、角田課長が気にしてましたね」

猪口《ちょこ》を持つ手を止めて右京が言うと、亘が白ワインのグラスを持ったまま訊いた。

「なにをです？」

「自分は理想の上司の何位だったのか」

亘は笑い、「そんなこと気にしなくていいのに」とワインを口に運んだ。

女将《おかみ》の月本幸子がふたりの会話に興味を持った。

「杉下さんは何位だったんですか？」

「もちろん、一位です」

亘のことばに、幸子が「えっ、すごい！」と喜びの声を上げる。

「本気にしないでください」右京が幸子をたしなめた。「そんなわけありませんよ」

「なんでそう思うんです？」

亘が訊くと、右京が真面目ぶって答えた。

「そもそも僕は理想の上司とはなにかなど、考えたこともありません」

「まあたしかに、世間一般で言うところの理想の上司ではないかもしれないけど、僕は
右京さんのこと尊敬してます」

「そういう部分はあまり見えてきませんがね」

亘は慌てて、「お酌しましょうか?」と申し出たが、右京はすげなく「結構」と返した。

「あっ、冠城くん」

「はい」

「ちなみに、日本酒の飲み方で人気一位はなんだかご存じですか?」

「えっ……なんですか?」

「手酌ですよ」

そう答えて、右京はにんまりと笑った。

第四話

「出来心」

一

ある日の夕刻、特命係の小部屋で部屋の主である杉下右京とサイバーセキュリティ対策本部の青木年男が、チェス盤をはさんで向き合っていた。

右京の一手に、青木は会心の笑みを浮かべて、駒を動かした。

「ダブルチェックです」

思いがけない展開に右京は、「おやおや」と驚きの表情を浮かべて、盤を見つめた。

そこへ組織犯罪対策部のフロアを横切って冠城亘がやってきた。亘はスマホを耳に当てていた。

「了解。じゃあ、三十分後に」

特命係の小部屋に入ったとたんに通話を終えた亘に、青木が話しかけた。

「ちょうどよかった。今、ゲームが終わるところです」

「ちょうどいいってなにが？」

亘のこのひと言に青木がムッとして答えた。

「嫌だな、今夜、飲みに行く約束じゃないですか」

「えっ、そうだっけ？」亘は本当に忘れていたようだった。「悪い、キャンセルで」と手を合わせる。

「はあ?」

「いやいや……急用が入っちゃって」

謝る亘のスマホが鳴った。亘は画面を見もせずに電話に出る。

「あっ、可奈子《かなこ》? うん、今出るから……雪乃《ゆきの》? あっ、いや、俺、可奈子なんて言ってないよ。同期の金子《かねこ》。もちろん男」

亘は適当な言い訳を並べ立てて電話を切り、壁のネームプレートを裏返した。

「じゃあ、お先に失礼します」

足早に去っていく亘の背中を睨《にら》みつけ、青木が言った。

「いいんですか? 警察官が嘘ついて。あの人、今にきっと女性問題でつまずきますよ」

右京は盤面を見つめたまま、「なるほど。わかりました」と、駒を動かして、青木の駒を取る。「まだゲームは終わっていませんよ」

右京が満足げに紅茶をすすった。

NPO法人〈青空らくだの会〉の看板には次の謳《うた》い文句が記されている。

――悩みを打ち明け、心の重荷を下ろしてください。私たちがご相談に乗ります。

これを読む限り、福祉関係の特定非営利活動法人だろうと思い、門を叩く人間も多かった。会社員の山田隆《やまだたかし》もそのひとりである。

山田が悩みを相談しようと〈青空らくだの会〉の事務所を訪問すると、相談員を名乗る尾形留美子《おがたるみこ》という女性に、カーテンで仕切られた薄暗い部屋へといざなわれた。

留美子は山田をソファに座らせると、「隣人愛と奉仕の精神で悩める人に手を差し伸べるのが、わたしたちのミッションなんです」と説明をはじめた。

そして、山田の横に腰かけて、耳もとでささやいた。

「さあ、心を開いて。本当の自分と向き合って。ああ、こんなに汗ばんで……」

留美子は山田の手を取り、そのまま自分の短いスカートから露出した太腿《ふともも》へと導いた。

「大丈夫よ。あなたは男性として十分に魅力的」

このひと言で山田の理性が吹き飛んだ。当初の目的を忘れ、思わず留美子をソファに押し倒してしまったのである。

「ああ、待って待って……駄目です……ああ～っ！」

留美子が艶《つや》っぽい声を上げたとき、カーテンが勢いよく開かれ、神父を思わせるいでたちの男が現れた。

「おい！　私の妻になにをしている！」

この男は〈青空らくだの会〉の主宰者の平井《ひらい》貞男《さだお》だった。

「えっ、妻？」と仰天する山田に、平井は言った。

「相談なら事務所でできるでしょう。夫婦の部屋に入りこんで、私の妻にのしかかって……。なんて破廉恥な！」

「あっ、いや……この人がこっちの部屋に誘ったんです。ねっ、ねえ……？」

山田は事態が吞みこめず、留美子に説明を求めようとした。しかし、留美子はわっと泣き出し、「わたしはただリラックスしていただこうと思って……」と釈明した。

平井はおもむろにひざまずくと、両手を合わせて、天井を仰いだ。

「主よ、この人の罪を許したまえ。愚かな人間の出来心です。彼は己が犯している罪の恐ろしさがわかっていないだけなのです。全能なる天主よ！　願わくば罪人なる我らのために、その慈悲深き御心を聞かせたまえ」

大仰な物言いで祈る平井にいかがわしさを感じた山田はそっと部屋から抜け出そうとしたが、留美子に阻まれてしまった。

「主人はあなたの魂を救うために祈っているのですよ」

「は、はい……」

気の弱い山田がうなずいたとき、「情欲は道を誤らせるつまずきの石です」と言いながら平井が山田の前にやってきた。

「もし右目があなたをつまずかせるなら、えぐり出してしまえ！　もし右腕があなたをつまずかせるなら、切り捨ててしまえ！」

平井が身振りを交え、迫力満点に言い募る。山田は声もなく、その場で固まっていた。

やがて平井のしゃべり方が説得口調に変わった。

「たとえ身体の一部を失っても、魂が地獄へ落ちるよりはマシだからです。悔い改める証《あか》しに、持てるものを捧げるんです。寄付をお願いします」

いつの間にか留美子が「献金箱」と書かれた木箱を持っている。いまや平井は懇願する口ぶりだった。

「生活困窮者の支援活動のために。そして、あなた自身の社会的立場を守るために」

「あの……コンビニ……」

毒気にあてられた顔で、山田がうわ言のようにつぶやく。

「はあ？」

目を丸くする平井に、山田が説明した。

「コンビニに行ってきます。今、手持ちがなくて……。ＡＴＭで下ろしてきます」

その頃、右京は帰宅しようとしていた。警視庁の建物を出て、通りを歩いていると、青木が追ってきた。

「待ってくださいよ」

「はい？」

「僕、杉下さんの行き先知らないんですから」

「なぜ君が僕についてくるのですか？」

右京の質問に、青木が得々と答える。

「冠城さんに約束を反故《ほご》にされたんですよ。上司として責任を感じませんか？」

「まったく感じませんね」

右京は一言《いちごん》のもとに切り捨てたが、青木はものともせずに右京につきまとった。

「冠城さんって、何人の女性と付き合ってるんでしょうね？」

「さあ？　僕は彼の私生活には特に興味ありませんねぇ」

「女って理不尽で手がかかって面倒なだけなのに、何人も相手にするなんて時間と労力の無駄ですよ」

青木の話しぶりには女性への嫌悪感がにじんでいた。

「君は女性が嫌いなのですか？」

「別に……」青木がいなす。「ただ、労力に見合うだけの価値はないと思ってます。杉下さんも同じでしょ？」

右京が立ち止まり、異を唱える。

「言っておきますがね、僕は君とは違う……」

このとき突進してきた無灯火のロードバイクが、ふたりの間をあわや衝突せんという勢いですり抜けていった。

「うわっ！」「おお……！」

青木と右京の驚く声が同時に暗い通りに響いた。


平井はせっかくのカモに逃げられないよう、〈青空らくだの会〉の事務所から、コンビニの前まで山田についてきていた。

「君も勉強になったでしょう。若いんだから、誘惑に負けて転落しないように気をつけなきゃ駄目だよ」

そんな説教をしているうちに交差点に出た。渡ろうか左右を見渡していると、右手の路上の遠くのほうで無灯火のロードバイクと通行人が接触するのが見えた。通行人は高齢の女性のようだ。接触した勢いで道路に倒れこみ、大声で叫びはじめた。

「あっ！　ひったくりー！」

どうやらロードバイクにはひったくりが乗っているようだ。女性を置きざりにして、こちらへ向かって漕《こ》いでくる。

「いいんですか？　助けなくて。聖職者なんでしょ？」

山田が責めるが、平井はその場から動こうとしなかった。

「犯罪を取り締まるのは我々ではなく警察の仕事です」

しゃあしゃあとそんなことを言っている間も、ひったくりにあった女性は叫び続けていた。

「しぇめでくれーー！」

そこへ右京と青木が後ろから駆け寄ってきた。

「大丈夫ですか？」

心配する右京に、女性は、「ハンドバッグ取り返してください！」と頼み、さらに「しぇめでくれーー！」と叫んだ。

無灯火のロードバイクは平井のほうへぐんぐん近づいてきた。平井はロードバイクをかわすと、横から両手で力いっぱい押した。おかげでロードバイクはひったくりもろとも派手に転倒した。

「危ないな！　スピードの出しすぎは事故のもとだよ。なあ？　あれ？」

平井が背後の山田に同意を促そうとしたが、返事がないので振り返ると、一目散に逃げていくではないか。

「おい！　待て！」

平井は右手を伸ばして追いかけたが、あとの祭りだった。

被害にあった女性、江崎《えざき》イトの悲鳴を聞きつけ、巡回中の巡査がふたり、ひったくり男のもとへやってきた。

「どうしました？」

そこへ右京が駆けてくる。

「ひったくりです！」

「ひったくり……？　おい、暴れるな、暴れるな」

巡査がフード付きのパーカーを着たひったくり男を両脇から取り押さえた。

「被害者は向こうです。あとで聴取を」

右京が江崎イトのほうを指し示す。そして、取り戻したハンドバッグを持って、イトのもとへと戻る。

イトと一緒にいた青木は、一連の経緯の動画をスマホで撮影していた。

「全部撮りましたよ」

得意げに報告する青木を無視して、右京はハンドバッグをイトに戻した。

「バッグです。お怪我はありませんか？」

「すみません。ありがとうございます」

イトが喜ぶのを見て、右京はほっとした。

〈青空らくだの会〉の事務所では、平井貞男が「まったく冗談じゃねえや」とぼやいていた。

受付時に山田に書いてもらった名簿の住所欄を見ると、明らかに架空の住所が記されている。

「でたらめの連絡先書きやがって。おおかたこの山田隆って名前も嘘っぱちだろうな。あいつ、なにを話してた？　どんなようすだった？」

平井に訊《き》かれた尾形留美子は、口紅を塗り直しながら投げやりな態度で答えた。

「えっ？　どんなって……。のそーっと入ってきて……女性との距離の取り方がわからないとかなんとか……。好きな子にプレゼント渡そうとしたら突き返されたとか言って、涙目になってたよ。愚痴聞いてやって、おっぱいまで触られてさ、一円にもならないいんじゃ割に合わない！」

「カモに逃げられるとは、俺も下手《へた》打ったよな」

嘆く平井に、留美子が提案する。

「ねえ、おっちゃん。もう手間のかかる美人局《つつもたせ》なんかやめて、振りこめ詐欺でもはじめない？」

「馬鹿言うな！」平井がすごい剣幕でどなった。「俺たちの商売《しょうべえ》はな、人間同士の駆け引きで稼ぐことに意義があるの。結婚詐欺だって、かごぬけ詐欺だって、手間ひまかけてカモる相手と渡り合うからこそ、他人様《ひと》のお宝がちょうだいできるんだよ。電話一本で見ず知らずの年寄りから老後の蓄えまでむしり取ろうっていうのは、下《げ》の下よ」

独自の犯罪哲学を口にする平井に、口紅を引き終わった留美子が応戦する。

「神様を利用するのも相当罪深いと思うけど。おっちゃん、今に神罰が下るよ」

「俺は神様の教えを厳しい現実に沿って伝えてんの」

「ふーん」

留美子は関心なさそうに返すと、どこからか真新しいネックレスを取り出した。平井がなおも言い募る。

「ムショで聖書に出合ったとき、俺は閃《ひらめ》いたね。これは使えるって。人間逆境のときこそ読書と勉強を忘れちゃならねえんだ」

留美子は鼻で笑い、「聖書の使い方、間違ってるけどね。おっちゃん、これ、着けて！」とネックレスを渡した。

「おっ、これ、似合ってるな」

「でしょ？」ネックレスを鏡に映して満足している留美子の携帯電話が鳴った。「はいはい、あたし。うん、今から行く。はーい」

電話を切った留美子に、平井が注意した。

「お前、あんまり派手に遊ぶなよな。表向きは俺の女房ってことになってるんだから。ご近所の手前ってものがあるだろう」

「わかってるって。じゃあ、あとよろしく」

適当に受け流し外へ出ていく留美子を送り出した平井の脳裏に、一目散に逃げていく山田の後ろ姿が蘇《よみがえ》った。

「あいつ、なにか後ろめたいことでもあるのかな……」

自分のことは棚に上げ、ひとりごつ平井だった。

二

翌朝、都内のマンションの一室で若い女性の絞殺死体が見つかった。捜査一課の刑事や鑑識課の捜査員たちが早朝から臨場していた。

「索条痕《さくじょうこん》か」

遺体の首に残ったあざを見て伊丹憲一がつぶやくと、鑑識課の益子桑栄が補足した。

「ひも状のもので頸部《けいぶ》を圧迫したことによる窒息死。死亡推定時刻は昨夜の十七時から十九時の間ってとこだな」

「他に目立った外傷は？」

さらに情報を知りたがる伊丹に、同期の鑑識捜査員はすげなく返した。

「ひととおり済むまで黙っててくれないか」

伊丹は苦笑しながら、遺留品が並べられたテーブルの前へと移動した。

「財布も現金も盗《と》られてねえ……。物盗り目当てじゃないとすると怨恨《えんこん》の線か……」

遺留品を眺めながら状況を確認していると、芹沢慶二がメモを持ってやってきた。

「先輩、被害者は柏木優奈《かしわぎゆうな》さん、二十五歳。寝具メーカーに勤めてます。第一発見者は無断欠勤を心配してようすを見に来た同僚。そのとき、玄関の鍵はかかっていなかったそうです」

「なあ、似てると思わないか？」

伊丹が後輩に訊いた。

「えっ？」

「一か月前、西高円寺で起きた殺しだよ。被害者はひとり暮らしの若い女性。盗られたものはなく、部屋を荒らされた形跡もない」

「あのマンション、ここから徒歩十五分くらいか……」芹沢が頭の中で地図を思い描く。

「同一人物の犯行の可能性ありますね」

警視庁の廊下を歩きながら、亘が右京に報告していた。

「昨夜、若い女性が殺された事件、伊丹さんたちは連続殺人とみて追っているようですが……」

「そうですか」右京が淡々と応じる。

「こちらはひったくりの目撃ですか。右京さん、なんか事件を引き寄せてませんか？」

「君、人聞きの悪いこと言わないでください」右京が釘《くぎ》を刺す。「被害に遭われた江崎イトさんから、ひったくりを捕まえた人を捜してほしいと頼まれましてね。名前も告げずに消えた神様のような人にお礼が言いたいそうです」

「顔とか服装とか覚えてないんですか？」

「それが、街灯の少ない暗い道で、距離もあったものですからねえ」

「右京さんにしては珍しいですね」

亘が軽くからかうと、右京は「ええ、僕としたことが」と認めたうえで、人差し指を立てた。「ただ、目撃者はもうひとりいますから」

サイバーセキュリティ対策本部にやってきた右京と亘に、青木がパソコンの前に座ったまま言った。

「動画撮れてましたよ」

「消えた人物は映ってましたか？」

右京が前かがみになって訊くと、青木は「ええ」と答え、「でも、画像解析しても特定は無理ですね。画面が暗すぎて」と補足した。

肝心の動画をなかなか見せようとしない青木に、亘が焦《じ》れる。

「見せてもらえますか？　その動画」

「どうぞご自由に。もうかなり拡散されてますから。ヒーローは誰だってね」

青木が早々と動画を投稿サイトにアップしたのだった。にやにや笑う青木の真意を測りかね、右京と亘は顔を見合わせた。


ふたりは特命係の小部屋に戻り、パソコンで動画サイトに投稿された「消えたヒーロー」というタイトルの動画を確認した。青木の言うとおり、画面は暗かったが、ひとりの男がひったくり犯の自転車を押し倒す場面は映っていた。

「ひったくり犯を撃退して、名乗ることもなく立ち去った男か……。たしかにヒーローですね」

右京が亘の見解に異を唱えた。

「僕はどうも腑《ふ》に落ちませんねえ。美談にするには、いささか無理があるように思えるのですが」

「なんか不審な点でも？」

「被害者の無事を確認し、名乗るほどの者ではありませんと姿を消したのならば、まさしくヒーローですが、犯人が捕まるのを見届けずに走り去ったのはなぜでしょう？」

「ヒーロー退場のシーンにしては、まあ、あっさりしすぎですね」

亘が認めると、右京は動画を止めた。ひったくりを撃退した男が右手を伸ばしている場面である。

「それから、この……腕の形が気になりますね。こう右手をグッと伸ばして、誰かを呼び止めているような……」

「通りの向こうに誰かいたんですかね？」

「僕の位置からは見えませんでした。もし誰かを追っていたとしたら、この手の形にも納得がいくのですがね」

右京が立ちあがり上着に袖を通すのを見て、亘が言った。

「やっぱ行きますよね、ヒーローを捜しに」

「ええ、名乗り出るまでは待っていられませんからねえ」

「お供します。ちょうど暇なんで」

「おや、デートのご予定は？」

興味なさそうに訊く右京に、亘は「いや、僕も実はすったもんだがありまして」とことばを濁した。

山田隆と名乗った男もスマホで「消えたヒーロー」の動画を見ていた。再生数はもう八千五百回を超えていた。

山田は舌打ちし、「まずいな、これ……」とつぶやいた。


右京と亘が昨夜のひったくりの犯行現場近くを歩いていると、どこかから鼻歌が聞こえてきた。

――ヨーエ、サノ、マッガショ……。

耳を澄ますと、続いて「やばち！」という声が聞きとれた。

「やばち？」

その声に右京が反応した。声の聞こえたほうにずんずん進んでいく。

「右京さん、なにか？」

亘がわけもわからずついていくと、〈青空らくだの会〉の看板があった。

「悩みを打ち明け、心の重荷を下ろしてください」

右京は看板の謳い文句を口に出して読み上げると、建物の玄関のほうへ回った。玄関前では平井が鉢植えの花に水をやっているところだった。じょうろの水がかかったのか、ズボンのすそをしきりに気にしている。

右京が笑顔を浮かべて近づいていく。

「すみません。ちょっとお尋ねします。こちらは地域の方の人生相談を受けておいでですか？」

「まあ、そうですが……。おたくさんたちは？」

昼下がりの住宅街に現れたスーツ姿のふたり連れに、平井は不審を覚えたようだった。

「実は今、このエリアに新規出店を検討していましてね。暮らし向きなど、下見して回っているところなんですよ」

右京がとっさに言い繕う。

「新規出店といいますと、コンビニかなにか？」

かまをかける平井に、右京は「いいえ」と即答した。

「じゃあ、レストランとか飲食関係？」

「それが、まだお話しできないんですよ。情報が漏れるといろいろと面倒なものですから。ねえ」

同意を求められた亘が調子を合わせた。

「ええ、差し障りがいろいろと」

平井はそれでもなお詮索を続けた。

「パチンコ店とか風俗……じゃないですね」

「むしろその対極というか……」

右京が曖昧にかわすと、なぜか平井が自信満々に手を叩いた。

「わかりました、教育関係。学習塾かなんか。ビンゴでしょう？」

右京が含み笑いをする横から、亘が申し出た。

「あの、お話をうかがっても構いませんか？」

「ええ、どうぞどうぞ」平井は事務所の中に向かって、「留美子、お客様だよ！」と告げ、「さあ、こちらへ」とふたりを先導していく。さらに揉み手をしながら、「学習塾か。こいつはいいぞ」とほくそ笑む。

一方、亘は「新規出店ねえ。いいんですか？　警察官が嘘をついて」と右京の方便をなじった。ところが、右京はぬけぬけとこう答えた。

「交番の新規設置という意味で言ったのですがねえ。いけませんでしたか？」

事務所に招き入れられた右京は、壁に掲げられた設立趣意書に目を遣《や》り、感心したように言った。

「隣人愛と奉仕の精神ですか。素晴らしいですねえ」

「いえ、どうぞ」平井は右京と亘に名刺を渡し、身の上を語った。「わたくし、神戸で生まれて横浜で育ちましてね。子供の頃から神の教えに接していたので、博愛精神が自然に身についたんですな。やはり人間を作るのは教育の力ですよ」

「おっしゃるとおりです」

右京が同意していると、奥から留美子が緑茶の入った湯呑みを持って入ってきた。

「どうも、いらっしゃいませ」

「家内です」平井が紹介する。「年が離れているので、よく親子と間違えられますが」

「お茶をお淹《い》れしましたので、どうぞおかけになって」

留美子に促され、右京と亘は応接用の椅子に座った。

「生活困窮者の支援というのは、どのようなことを？」

亘の質問に、平井が神妙な面持ちで答える。

「いただいた善意の寄付を貧困や孤立に苦しむ人への支援に回しております」

「ご立派ですねえ」右京が深くうなずく。「この地域の方々の相談事には、なにか傾向のようなものはあるのでしょうか？」

「人間関係の悩みが多いというのは、いずこも同じでしょう。若い方はなんといっても恋愛相談ですな」

力説する平井に、亘が同意を示した。

「ああ、わかります。誰にとっても大問題ですから」

「ファミリーの場合は子育てに関する悩みですね。この辺りは教育熱心な親御さんが多いので、家庭教育や進路の相談にも乗っていますよ」

平井は塾のほうへ話を誘導しようとしたが、亘は自分たちの訪問の趣旨のほうへと引き戻した。

「治安はどうです？　ゆうべ、ひったくりがあったそうですが」

「閑静な住宅街といえど、犯罪ゼロというわけには参りませんな。ロードバイクのスピード規制は、国全体で取り組むべき課題だと思っております」

威厳を感じさせる口ぶりで語る平井に、右京は「ごもっともです」と応じ、いきなり亘に振った。「せっかくお邪魔したのだから、君も相談に乗っていただいてはどうです？」

「はい？」

困惑する亘に、右京がほのめかす。

「ほら、すったもんだがあったでしょう」

「ああ」亘は内心で右京を恨みながら、渋々悩みを打ち明けた。「実は……付き合ってた女性にふた股かけられてたことが昨日、わかりまして、ショックで女性不信になりそうです」

と、傍《かたわ》らに控えていた留美子がここぞとばかりにすり寄ってきて、亘の太腿にさりげなく手を添えた。

「まあ……ひとりに失望したからといって、すべての女性に不信感を抱いては、人生の損失ですよ」

「あっ、はい……」

「こういった分野は家内が担当でありまして」

平井のことばを受け、留美子が妖しく笑った。

「デリケートなお話ですから、次回、ぜひおひとりでいらしてください」留美子が亘の目をのぞきこむ。「ご予約、お待ちしていますね」

「はい」

亘はついうなずいてしまった。

ふたりが帰ったあと、平井は会心の笑みを浮かべて、ガッツポーズを決めた。

「よし、ひと稼ぎできそうだ！」

「なに？　張り切っちゃって」

留美子に笑われ、平井が真面目な顔になる。

「教育関係っていうのはな、ビジネスチャンスの宝庫なの。子供が小さければ学習教材販売詐欺。ハイティーンなら資格詐欺。成人式なんかお祝い詐欺の稼ぎどきだ！　学習塾の人間と知り合っときゃ、子供の成長の情報が入るだろう」

「嫌ね、親心につけこんで」

「なに、お前……商売第一だよ」

　留美子は留美子で心が浮き立っていた。

「ねえ、そんなことよりふた股かけられてた彼、イケメンだったね。あたし、絶対落としてみせるから」

「よせよせ。お前には手に負えねえって」

　平井が難色を示した。

「なんで？」

「あの男のほうだって何股もかけてるに決まってらあ！　ああいうすれっからしはな、美人局には引っかからないの」

「え～っ、そうかなあ？」

　留美子は納得いかないようすだったが、平井は期待感のあまり、再びガッツポーズを決めた。

「よーし、忙しくなるぞ！」

　右京と亘が特命係の小部屋に戻ってくると、組織犯罪対策五課長の角田六郎がパソコンで、青木がアップした動画を見ていた。

「おう。コーヒーいただいてるよ」

「淹れ直しましょうか？」

亘が申し出たが、角田は「いいの、いいの」と断り、「このひったくりの被害者のばあさん、出は山形だね」と言った。

「どうしてわかるんです？」

興味を持って近づく亘に、角田が動画を再生してみせた。

「だって、ほら」

バッグを奪われた江崎イトが叫ぶ場面だった。

――しぇめでくれー！

「『しぇめでくれー』って言ってるだろ？」

角田の指摘するとおりだったが、亘には意味がわからなかった。

「しぇめで……？」

「うん。『しぇめる』っていうのは、山形の言葉で『捕まえる』って意味。だから、このばあさんは『捕まえてくれ』って叫んでるの」

「なるほど」右京が感心する。「山形のことばでしたか」

「庄内のほうね」と角田。「うちのかみさん実家が酒田でさ。普段は標準語なんだけど、とっさのときにふっと方言が出るんだよな」

「では、課長。こんなときなんですがね……」右京は窓際に置いてあった観葉植物用の霧吹きを手にし、「ちょっと失礼」と断って角田のシャツに水を吹きかけた。

「ええっ、ちょっと……、なにすんのよ！」

角田に非難されても、右京は好奇心のほうがまさっていた。

「奥様でしたらなんと言いますか？」

角田が顔をしかめながら答える。

「『やばち』だな。翻訳不能なことばなんだけど、濡れて気持ち悪いってときに思わず言っちゃうらしいよ、やばちって」

「あっ、やばち！　言ってましたね、〈青空らくだの会〉の平井さん」

亘が〈青空らくだの会〉を訪問する前のできごとを思い出した。

「ええ」右京が同意した。「耳慣れないことばなので気になっていたのですがね」

「やばいって言ったのかと……」

亘が勘違いに言及すると、右京は別のことを思い出した。

「それから歌を歌っていましたね。『ヨイサノマガショ』というような……」

「それ、『最上川舟唄』。かみさんもときどき歌ってるよ。山形県人のソウルミュージックってやつだ。ヨーエ、サノ、マッガショ、エンヤ、コラ……」

機嫌を直して歌いながら去っていく角田を見送って、亘が右京と向き合った。

「神戸生まれの横浜育ちって話はでたらめみたいですね」

「怪しいですねえ。〈青空らくだの会〉、なにかありそうですよ」

右京のアンテナが異変をキャッチした。

三

さっそくふたりは〈青空らくだの会〉について調べはじめた。

「都庁の担当部署に規定の財務諸表は提出してますね。もっとも寄付の実績も不明だし、実態が伴っているかどうか怪しいもんですが……」

亘が〈青空らくだの会〉のNPO法人としての会計報告書を見ながら報告する。

右京はそれを聞きながら、青木が撮影した動画をチェックし直していた。ひったくりを撃退したヒーローを示して、「この人物、平井さんではありませんかねえ」と指摘する。

「背格好はちょうどこんな感じでしたね」

亘が認めると、右京は江崎イトが「しぇめでくれー!」と叫ぶシーンを再生した。

「この方言も平井さんが山形出身ならば聞き取れたでしょうし、それに事件の話をしたとき、『ロードバイクのスピード規制は、国全体で取り組むべき課題だと思っております』と言っていました。ひったくり事件の報道でもロードバイクのことは発表されていませんがねえ」

「でも、これが平井さんなら、どうして人助けしたこと隠すんですかね？　よいＰＲになるのに」

亘が提示した疑問に答えるべく、右京が推理を働かせる。

「さあ。神様のように慎み深いからなのか、あるいは警察とは関わりたくない事情があるのか……」

それを受けて、亘も推測を口にした。

「例えば、〈青空らくだの会〉が反社会的な組織だとか？」

右京は平井らしき人物が右手を伸ばす場面をいま一度再生した。

「この手、やはり誰かを呼び止めているようです。いったい、誰を追っていたのでしょうねえ？」


その夜、〈青空らくだの会〉の事務所にサングラスとマスクで顔を隠した不審者が侵入した。不審者は事務所の裏口のドアをピッキングで開けると、なにやら目的の物があるらしく、机の引き出しを物色しはじめた。

そこへたまたま外出していた留美子が帰宅した。物音を聞きつけ、正面玄関から事務所へやってきた。

「誰？」

留美子が暗闇に向かって誰何《すいか》する。机の陰に隠れていた不審者が、突然懐中電灯の光を留美子に当てた。目くらましにあった留美子が手で顔を覆う瞬間、首のネックレスが光を反射した。不審者は留美子に襲いかかり、ソファへ押し倒す。

「誰？　なにすんの！　やめて！」

留美子はハンドバッグを振り回し、精いっぱい抵抗した。そこへ悲鳴を聞きつけた平井が寝巻き姿で駆けつけた。

「おっちゃーん！　泥棒！」

「お前、なにやってる？」

事態を把握した平井が留美子に組み付いている不審者を引きはがし、はがいじめにして取り押さえた。

「おい、電気つけろ！」

平井が留美子に命じたとき、不審者が右手に持っていた重たい懐中電灯を振り回した。懐中電灯の一撃が平井の額をとらえた。ふいをつかれた平井の拘束が緩んだすきに、不審者は大慌てで外へ逃げていった。

留美子が照明をつけると、平井の額が切れ、出血しているのがわかった。

「うわっ、大丈夫？　ねえ、血が出てるよ」

額に手を当て流血を確認した平井がいきなり弱気になる。

「いやいや……俺、血は苦手……」

「ちょっと、もう……ねえ、しっかりしなよ！」

「今の奴、誰だ？　顔は見たか？」

「ううん、誰だかわかんなかった。マスクしてたし……。とりあえず警察呼ばなきゃ！」

　ハンドバッグからスマホを取り出そうとする留美子を、平井が制する。

「馬鹿！　こっちにはな、狙われる心当たりが山のようにあるんだ。警察に探られたら、藪蛇《やぶへび》もいいところだよ！」

「金巻き上げた奴が、仕返しに来たのかな？」

　不安な顔になる留美子に、平井がうなずいた。

「そうかもな。ここもそろそろ潮時だ。足が付く前に引っ越すか」


　女性ふたりの絞殺事件の捜査は難航していた。連続殺人と睨んだものの、なかなか手掛かりが見つからなかったのだ。ようやく光明が見えてきたのは、〈青空らくだの会〉に不審者が押し入った翌朝のことだった。

「見つかりましたよ！　ふたつの事件の接点！」

　所轄署に設けられた捜査本部に芹沢が駆けこんできた。

「なに？」

伊丹以下、刑事たちが一斉に顔を上げる。芹沢は防犯カメラの映像をプリントアウトしたものを二枚、伊丹に渡した。

「今回のガイシャの柏木優奈、そして一か月前の事件で殺された小山絵里香《こやまえりか》、それぞれがよく行くコンビニの防犯カメラの映像を調べてみたところ、両方の防犯カメラに同じ男が映ってました。しかも、ガイシャのすぐ後ろ。ふたつのコンビニは徒歩で二十分ほど離れてますから、両方に出没しているのは不自然ですよ」

「あちこちのコンビニを回って、好みの女性を見つけてはあとをつけたってわけか」伊丹はその場の刑事たちに号令をかけた。「よし！　人物の特定急ぐぞ！」

〈青空らくだの会〉の看板に手をかけた平井が、「引っ越しとなりゃ、物入りだな……。もうひと稼ぎしてからにするか」とひとりごちながら悩んでいると、いつの間にか背後に右京と亘の姿があった。

「看板、どうかしたんですか？」

興味を示す右京をごまかすために、平井がとっさに看板を左右に動かした。

「ああ、ちょっと曲がってましてね。うん！　これでよし」

「あれ？　どうしたんです？　その怪我」

亘は額の絆創膏《ばんそうこう》に興味を示した。

「ああ……これはね……階段を踏み外しましてね」

「顔から落ちた？　それは大変でしたねえ。他にお怪我は？」

右京が平井の腕を取って、全身にすばやく目を走らせた。

「いえ」平井は右京の手を振り払い、「バランス崩しておかしなコケ方しましてね。危うく天に召されるところでした。危ない、危ない」と作り笑いをした。ひとしきり笑うと、揉み手で、「で、なにか？　ひょっとして決まりました？　例の出店」と訊く。

「いや、それは、まだ」

答えた右京の後ろから、亘が前に進み出た。

「実は昨日の件、奥さんに相談したくて」

「ふた股をかけられたという？」

平井が意外そうな表情を向けた。

「ええ。恥ずかしながら、今夜、相談に上がりたいのですが、近くまで来たので予約をお願いしようと」

軽く頭を下げる亘に、平井が渋るように答える。

「申し訳ないんですが、あいにく家内は今夜、出かける予定でしてね。同窓会だったかな？」

「遅い時間でも僕は構いませんので」

亘が粘ったが、平井は難色を示した。

「うーん……しかしね……」

「無理をお願いしてはご迷惑ですよ」右京が亘を促す。「では、また日を改めて」

ふたりが去っていくのを見届けて、事務所の中から留美子が出てきた。

「やっぱり来たじゃん、昨日のイケメン！　なんだって？」

「恋愛相談？　いや〜、怪しいぞ。塾関係者のふりをして俺たちの身辺を嗅ぎ回ってるのかもしれねえ」

「ええっ！」

「ひょっとして、あいつら探偵じゃねえのかな？」

平井が見当外れの憶測を披露した。

「えっ、嘘、やだ！　まさか……刑事？」

留美子があてずっぽうに言うと、平井が一蹴《いっしゅう》した。

「いやいや！　刑事ならひと目でわかる。もっと疑り深い、嫌な目付きしてるからな」

ちょうどその頃、疑り深い、嫌な目付きをした刑事が、とある会社の前でひとりの男を見張っていた。その刑事、伊丹が芹沢に言った。

「あいつだ……コンビニにいた男だ。古内繁治《ふるうちしげはる》、三十二歳。前科はなし」

「防犯カメラの画像だけじゃ令状取れませんね」

芹沢も疑り深い、嫌な目付きをしようとしたが、先輩にはかなわなかった。


警視庁への帰り際、亘が右京に話しかけた。

「あの傷、階段から落ちたんじゃなさそうですね」

「なにを隠しているのでしょうか。ますます知りたくなりますね」

右京が笑いをこらえるような顔で応じる。

「なんか楽しそうですね」

「人生相談の実態を探りたかったのですが、君が女性関係で悩んでいるというのは説得力がなかったようですねえ。かえって警戒されてしまいました」

「あっ、そうだ」亘が立ち止まる。「うってつけの奴がいます」

「はい？」

右京が思わず相棒のほうを振り返った。

四

その夜、〈青空らくだの会〉の事務所の奥のカーテンに仕切られた部屋で、うってつけの奴こと青木年男が留美子にとうとうと自説を語った。

「自分、女性が来る飲み会にはまず行きません。面倒じゃないですか。つまんねえ話に付き合わされて揚げ句にこっちが金払わされるわけだし」

「でも、お付き合いはしたいんですよね？」

猫撫《ねこな》で声を出す留美子に、青木が日頃の鬱憤《うっぷん》を爆発させた。

「……っていうか納得がいかないんですよ。モテる男は何股もかけてるのに、あえてそこに群がる女っていうのは馬鹿なんですか？　それとも、最後は自分が選ばれるはずだと、うぬぼれているんですかね？」

「うーん」留美子はたじたじとなりながらも、「まあ、恋愛は感情ですからね、そう理屈どおりにはいきませんよ」と答えた。

「僕……馬鹿とうぬぼれた女と警察はマジで嫌い。……っていうか、ほとんど殺意を覚えるっていうか」

留美子は小さく舌打ちすると、実力行使に出た。上着を脱いで豊満な胸を強調すると、青木の手を取って自分の太腿へと導いたのである。

「ありのままのあなたでいいんですよ。そのままで、十分に魅力的なんですから」

しかし、青木は納得がいかないようだった。

「具体的にどういうところがですか？　ＩＱとかは高いけど、そんなのモテには繋《つな》がらないですし。会って間もないあなたにわかる僕の魅力って、いったいなんですか？」と詰め寄る。

留美子は「面倒くさい男だ」という心中の思いを隠し、耳元でささやいた。

「かわいい人ね」

「えっ……？」

「純粋で少年みたいだもの……。ああ……なんとかしてあげたくなるわ……」

このことばでついに青木の理性が吹っ飛んだ。留美子をソファに押し倒し、抱きすくめた。

「あっ……駄目です、駄目です！　ああっ！」

留美子の悲鳴を合図に、カーテンが開いた。

「おい！　私の妻になにをしている！」

平井が決めゼリフを口にした。


その頃、伊丹と芹沢は古内繁治のマンション前で張りこんでいた。相変わらず伊丹が疑り深い、嫌な目付きで見張っていると、ようやく古内が出てきた。

古内はフードを被り、サングラスとマスクをつけていた。

〈青空らくだの会〉の事務所では、平井が大げさに天を仰いで祈っていた。

「全能なる天主よ！　罪の許しを与えたまえ。この迷える哀れな罪人を欲望の海原より救い出したまえ！」

祈り終えた平井は険しい顔で振り返り、青木と向き合った。

「たとえ出来心でも姦淫《かんいん》は大罪ですよ」

「そんなつもりじゃ……」

言い訳する青木に、平井が詰め寄る。

「犯した罪は善いおこないをすることであがなうしかありません。寄付をお願いします！　生活困窮者のために。そして、あなたの社会的な立場を守るために」

留美子が献金箱を持ち出してきた。平井と留美子から睨みつけられ窮地に陥った青木は、財布を取り出して仕方なしに五万円を差し出した。

と、そのとき、部屋の隅から男の声が聞こえた。

「今の行為は刑法第二四九条の恐喝罪に当たりますよ」

そう言いながら姿を現したのは右京だった。横には亘の姿もあった。

「な……なんですか!?」

目を丸くする平井の質問を無視して、亘が言い添える。

「もしくは詐欺罪です。留美子さんがあなたの奥さんでないのなら」

「あんたたち……刑事か⁉」

　今度の質問はふたりとも無視しなかった。

「警視庁の冠城です」と亘が警察手帳をかざすと、右京は後ろで手を組んで「杉下です」と名乗った。

「嘘だろ……」

　呆気《あっけ》にとられる平井に代わって、青木が猛然と亘に抗議した。

「これ、なんの茶番ですか？　あなたがここを教えたくせに！　もしかして僕をおとりに使ったんですか？　こんなおとり捜査は違法ですよ！」

「おとり？　なんのことでしょう？」

　右京がとぼける。

「お前が来てるんじゃないかとようすを見にきただけだ」と亘。

「まさか美人局の現場に踏みこむことになるとは、正直驚きました」と右京。

　平井と留美子が茫然《ぼうぜん》と立ちつくす隣で、青木が怒りを爆発させた。

「汚いぞ、警察！」

　ふたりを警視庁に連行した特命係の刑事たちは、さっそく取り調べをおこなった。

　留美子の取り調べは亘が担当した。足を組み、ネイルを見つめたまま黙りこむ留美子を亘が説得する。

「自分から話したほうが、あとあと有利になると思いますけど」

留美子は大きなため息をついて椅子から腰を浮かせ、上体を机に乗り出した。

「じゃあ、訊くけど、刑事さんはバレてもいないうちから、ふた股かけてること彼女に話すの？」

「言わないね」

「でしょ？」

さりげなく手を握ってくる留美子を、亘は押し返した。

隣の部屋では、右京が平井を取り調べていた。

「何度も申し上げているように、皆さん自発的に寄付をしてくださるんです。わたくしが祈りを捧げている姿を見て良心がとがめるんでしょうね」

しゃあしゃあと言い放つ平井に、右京は冷静に対応した。

「あくまでも恐喝ではないと？」

「美人局というのは強面《こわもて》のお兄さんが入ってきて、脅したりして金品を巻き上げるやつでしょ？　全然違うじゃない！　祈ってるんですもの、わたくしは」

「では、もうひとつだけ」

右京は左手の人差し指を立てると、机の上のパソコンで、例の動画を再生した。

「先日のひったくり事件の映像です。たまたま撮影した人がいましてね。ここに映っている人物が勇敢にもひったくり犯に立ち向かってバッグの盗難を防ぎました。暗くてシルエットしか見えませんが、平井さん、これあなたではありませんか？」

「ええ……それは実は……」

右京は平井の答えを最後まで聞かずに、「やはりあなたでしたか」と断じた。「なぜ黙って姿を消してしまったのですか？」

「それは、その……聖書の教えにあるんです。施しをするときは、右手のしていることを左手に知らせてはならない！　つまり、善いおこないは密《ひそ》やかにやれという意味ですが」

「では、この右手はなにをしているのでしょう？」

平井の発言にかこつけて右京が訊いた。

「えっ？」

「僕はこの手がずっと気になっていましてね。これは人を引きとめるときの動作ですよ。あなたはヒーローとして颯爽《さっそう》と姿を消したのではなく、また駆けつけた警察官から逃げたのでもなく、慌てて誰かを追いかけているように見えるんです。それが誰なのか、僕はずっと気になってましてね。もしかすると、あなたが美人局で引っかけた相手ではありませんか？　例えば、まだ金をもらってないとかそういう理由で」

　右京の大胆な推理を平井は首を振って否定した。

「なんの話かさっぱり……」

　しかし、右京は引きさがらなかった。

「そう考えると、すべて辻褄《つじつま》が合うんですよ。この右手の先には詐欺の被害者……つまり、あなたにとってのカモがいた」

「右手がどうのって……刑事さん、そんなことでわたくしに近づいたんですか？」

「はい」右京が含み笑いをする。「細かいことが気になってしまう、僕の悪い癖」

「とんでもねえ奴に目をつけられちまったな」

　詐欺師がまるで詐欺にあったようにぼやいた。


　古内がやってきたのは、〈青空らくだの会〉の事務所だった。古内は慣れた手つきで、事務所の裏口のドアを開けると、サバイバルナイフを取り出し、自らの決意を確認するように小声でつぶやいた。

「今日こそ取り返してやる！」

　そのとき奥のカーテンが開いて、伊丹が現れた。

「古内繁治だな？」

その横には芹沢もいた。

「住居侵入の現行犯！　おっ、ナイフ持ってますよ、ナイフ！」

古内がナイフを振りあげて捜査一課の刑事に向かっていく。しかし、古内は戦い慣れていなかった。伊丹に足をすくわれ、転倒したところを取り押さえられてしまったのだ。

「逃がさねえぞ」

伊丹が押さえこんでいる間に住人を捜しにいった芹沢が、しばらくして戻ってきた。

「先輩、この家誰もいませんよ！」

「えっ？」古内の口から驚きの声が漏れた。

「この野郎！　顔、見せろ」

芹沢が古内のサングラスとマスクをはぎ取った。現れたのは、以前ここへ相談に来た山田隆だった。

伊丹が取り上げたナイフを古内の前にかざした。

「おい！　お前こんなの持って、誰狙ってたんだよ？」

自称山田隆こと古内は深夜の警視庁に連行され、取り調べられた。しかし古内はずっと黙秘を通していた。

「ただの会社員がなんでピッキングの道具持ってるんだよ？」

芹沢が訊いても、古内はうつむいて口をつぐんだままだった。

「ご自慢の道具使って、何軒の家に侵入したんだよ？　柏木優奈さんの部屋にもそれで入ったんだな？」

伊丹が決めつけようとすると、古内はようやく顔を上げた。

「いや、違う！　彼女が入れてくれたんです。コンビニで見かけていい子だなって思って、ふたりで話したくて……。プレゼントも用意したのに……」

供述を整理すると、どうやらこういうことのようだった。

柏木優奈のあとをつけた古内は、優奈がドアを開けたすきに部屋に押し入り、ネックレスを差し出した。見ず知らずの男から一方的に好意を寄せられ怖くなった優奈は、大声で助けを求めた。古内は優奈の口を塞ぐために、ベルトで絞め殺した。典型的なストーカー殺人であった。

「ひと月前、小山絵里香さんを殺《や》ったのもあなただね？」

芹沢の尋問に、古内は目を泳がせるばかりで答えなかった。

「はっきりしろよ。この勘違い野郎が！」

伊丹が机を強く叩いて、立ち上がった。

この取り調べのようすを隣室からマジックミラー越しに亘が見ていた。

平井の取り調べは翌日も続いていた。

「昨夜遅く、お宅に不審者が侵入したそうです」

右京のことばを補足するように、亘が古内の顔写真を差し出した。

「この男、知ってますよね？」

「あっ、こいつは山田……」

平井が答えると、右京が確認した。

「人生相談に来た人物……つまり、美人局のカモですね？」

「いや……相談には乗ったけど」

あくまでも美人局の容疑を認めない平井に亘が言った。

「捜査一課がマークしてたんです。殺人容疑で」

亘が昨夜の古内の取り調べでわかったことを伝えた。

「それじゃあ、あの男、人を殺したその足でうちに来たっていうのか」

平井がようやく事情を悟った。

「ええ。そのようですねえ」

「古内が事務所に押し入ったのは、ネックレスを取り返すためでした」

亘が説明したが、平井はぴんと来なかった。

「ネックレス？」

「被害者に突き返されたネックレスを留美子さんにプレゼント……いや、巻き上げられたようで」

亘にそこまで説明され、ようやく平井も思い出した。

「あのネックレスか！　留美子の奴……」

相棒にまんまと一本取られた詐欺師がしきりに悔しがる。亘がさらに説明を加えた。

「ひったくり事件の動画を見て、古内は焦ったんです。消えたヒーローがあなただと突き止められたら、美人局の件が明るみに出るかもしれない。捜査の手が入れば、殺した女性と自分の指紋が付いたネックレスが見つかってしまうだろうと」

「それじゃあ、この間の事務所荒らしも、この野郎かい！」

平井が机の上の古内の写真を叩いた。

「その額の傷はそのときに？」

右京が問うと、平井は写真を睨みつけた。

「この野郎、懐中電灯でガンガン殴りやがって！」

右京が動画をポーズにして、平井に見せた。

「この右手の先にいたのは古内ですね？」

「手持ちの金がないって言うから、コンビニに下ろしに行く途中だったんだよ」

「そうでしたか。これで謎はすっかり解けました」

納得する右京に、平井が動画を顎《あご》で示す。

「こんなもん撮られちまったばっかりに……。人助けなんて、柄にもねえことするもんじゃねえな」

「柄にもないことをなぜしたのですか?」

右京の質問に平井は、「さあな……。出来心だよ。つい、魔が差したってやつさ」と答えると、「最上川舟唄」を口ずさみはじめた。

――ヨーエ、サノ、マッガショ、エンヤコラマーガセー、酒田《さかだ》さ行《え》ぐさげ達者《まめ》でろちゃ　流行風邪《はやりかぜ》などひかねよに♪

一節歌い終わると、ぽつんと言った。

「あのばあさんの声、ちょっと似てたんだよ。俺がムショに入ってる間に死んじまったおふくろに」

平井の告白を聞いた右京が語る。

「あなたは魔が差したと言いましたが、もしイトさんを助けず動画を撮られることもなく、ここで事情聴取を受けていなかったとしたら、昨日の夜、あなたは事務所で古内に襲われていたでしょう」

亘が言い添える。

「サバイバルナイフを所持してたというから、命が危なかったかもしれません」

「ほんの出来心でしたことが、結果的にあなたの命を救ったのだとしたら、それは魔が差したのではなく、神が手を差し伸べたと言うべきかもしれませんね」

右京の言いまわしを聞いて、平井が力なく笑った。

「うまいこと言うね。あんた、詐欺師になったら成功するよ。この商売、どれだけ人の心のあやが読めるかが勝負だからさ。素質あるよ、刑事さん」

「たしかに……」と亘も笑ったが、右京は否定した。

「それは買い被りというものです」

「さんざん神様を利用してきたんだ。助けてくれるはずないさ」

苦笑する平井に、右京が悪戯《いたずら》っぽく笑って疑問を投げかけた。

「そうでしょうか？ 神様だって、つい出来心を起こすことがあるのかもしれませんよ」

第五話

「ブルーピカソ」

一

オークション会場にハンマーの音が鳴り響いた。

出品されているのは十号サイズの風景画である。正装したオークショニアの磯田《いそだ》一輝《かずき》が声を張り上げた。

「それでは、八十万円からはじめます。八十万」

十名ほどの札が上がった。

九十万、九十五万のコールで札は次第に減っていき、百万のコールでついに三名に絞られた。

「百十万」

磯田のひときわ大きなコールに応じたのは、三十四番の札を持つ男ひとりだけだった。

「他にございませんか？　百十万」

オークションハンマーの音が鳴る。磯田が最後まで残った男を示し、「三十四番、百十万円で落札です」と告げると、会場からまばらな拍手が起こった。

会場を訪れていた冠城亘が、七十八番の札を持って隣の席に座る杉下右京に耳打ちした。

「右京さんが絵画のコレクターとは知りませんでしたね。ここへはよく来られるんですか?」

「ここに来たのは初めてです」しかつめらしく右京が応じる。「それに、コレクターでもありませんよ。僕の部屋にあるのは、無名の画家の風景画が一枚だけです。君、退屈なら帰ってもいいですよ。なにも休みの日まで僕に付き合わなくても」

「いや……勉強になります」

そう言いながらも、亘はあくびを嚙《か》み殺していた。

ここでまたオークションハンマーが鳴った。磯田が声を張る。

「では、いよいよ下見会でも話題になりました、三上史郎《みかみしろう》の新作をご紹介しましょう」

磯田の声に合わせて、白手袋をはめた係員がふたりで十二号サイズの抽象画を両側から抱えて運びこんできた。

磯田が絵の説明をする。

「作品番号十番。一年のブランクののちに描かれたこの作品は、『流砂《るさ》』と名付けられております。初期の『黒猫』をしのぐ大胆な筆遣いで、彼の画家人生における記念すべき一作となるのは間違いありません」

オークションハンマーの音が鳴る。

「百五十万円からはじめます。百五十万」

五名の札が上がった。

「二百万」で四名、「二百五十万」で二名。

「それでは、三百万」

ついに三十番の札一本だけになった。

「三百万が出ました」

磯田の声に会場からどよめきが沸き起こった。そのとき会場の後ろのほうから「やめろ！」という大声が上がり、男がひとり乱入してきた。

「やめろ！　こんな駄作に三百万もつけるとは、あんたら正気か！」

男は会場の客に向かってわめきちらした。

「どちら様です？」

突然の事態に困惑する亘に、右京は「三上史郎本人でしょうねえ」と答えた。

三上は続いて磯田に向かって言った。

「あんたもいい加減、嘘はやめろよ。なにが記念すべき一作だ！　これは俺の作品の中でも最低の出来だ！　こんなものに金なんか出すな！」

磯田が三上の前に来て、なだめようとする。

「先生、なにをおっしゃるんですか。先生の完璧主義は理解しておりますが、これは……」

三上は途中で遮って、「オークションから外してくれ」と要求した。

「そうは参りません」

「だったら、こうしてやるよ！」

三上はやにわに「流砂」という自作の絵を取り上げると、床に叩きつけた。会場が大混乱するなか、磯田は隣にいた社員の山本貴和子《やまもときわこ》に「あとを頼む」と告げ、興奮状態の画家の腕を取って応接室へ連れていった。

応接室に入った三上が「触るな！」と腕を振りほどくと、磯田は不敵な笑みを浮かべた。

「どういうつもりですか、先生？」

「俺を先生と呼ぶな！　本当は馬鹿にしてんだろ」

「いったい、なんだっていうんです？」

「あんた、平気なのか？　俺、もう耐えられないよ。眠れないんだよ、あれから。なあ、なんで今になってあんなものが出てきたんだよ？　なあ！　なんで……」

三上が髪をかきむしって、磯田に取りすがった。磯田はそんな三上を冷たく突き飛ばすと、どすの利いた声を投げかけた。

「三上さん、念のために言っておくが、あんたの行動いかんによってはすべてが無になる。我々の未来も、あんたの未来もだ。わかってると思うがね」

想定外の事態で休憩に入ったオークション会場では、右京と亘が来場者から事情を聴いていた。

「じゃあ、さっきの人がこのオークション会社の社長さんですか」

確認する亘に、裕福そうな身なりの婦人客はうなずいた。

「ええ、磯田さんです。三上さんの育ての親と言われている人で、いわば恩人ですよ、三上さんの」

「しかし、先ほどの三上さんの態度を見ると、とてもそんなふうには……」

右京が疑問を口にすると、婦人客は意味ありげな目くばせをよこした。

「まあ、芸術家ですからね。基本わがままでしょ」

「大変お待たせいたしました。次の出品をご案内いたします」

あとを託された貴和子が壇上に立ち、オークションを再開した。

「では、作品番号十一番……」

翌日、特命係の小部屋では、亘がパソコンで三上史郎のことを検索していた。

「亡くなった？　あの画家が？」

ティーカップを手にした右京が、亘の背中越しにパソコンの画面をのぞきこみながら、意外そうな声を出す。

「出掛けにニュースを見たんです。それで、ちょっと彼のことを調べてみようと」

「亡くなったのはいつです？」

「昨日の真夜中……いや、日付が変わった今日ですね。自宅近くの歩道橋から歩道に真っ逆さまです」

亘が知っていた情報を披露した。

「事件性があるんですか？」

亘もさすがにそこまでは知らないようだった。

「さあ、報道では自殺と他殺の両面で捜査をしてると言ってましたが……。ほら、来ましたよ」

亘が部屋の入り口を親指で示した。捜査一課の伊丹憲一と芹沢慶二が立っていたのである。

「おはようございます」

右京がきちんと挨拶した。

「警部殿。つかぬことをうかがいますが、昨日の昼間……」

右京が伊丹の発言を遮った。

「ええ、行きましたよ、絵画のオークションに」

「以前からそういうご趣味がおありなのはわかってましたが、まさかあの会場に警部殿がねえ……」

「僕もいましたけど」

亘が小さく手を挙げると、伊丹は意外そうな顔になった。

「あ？　お前もかよ」

芹沢が右京の前に出た。

「では、三上史郎という画家のことや、オークション会社の磯田という社長のこともよくご存じで？」

「さあ……あのオークションに行ったのは昨日が初めてですし、三上さんについても僕はそれほど……」

右京が否定すると、芹沢がさらに訊《き》いた。

「じゃあ、ふたりの確執についてはなにも？」

「確執って？」亘が興味を持つ。

「美術誌の記者の話だと、三上は磯田に対して含むところがあったらしいんだよ」

数か月前、その記者の取材に対して、三上はこう言ったという。

――磯田が俺の育ての親？　冗談じゃないよ。あいつは、ただのブローカーだよ。

「どうやらふたりの間には、なにかあるようですねえ」

右京も好奇心が湧いてきたようだった。伊丹がすかさず釘《くぎ》を刺す。

「だからといって、この件に首を突っこんでもらっては困りますよ、警部殿。そして、そこの新米巡査。これは特命係とはなんの関係もない事件だからな」

「わかってます。でも、なにかご協力できることがあればいつでも声をかけてください。ご苦労さまでした」

亘が真面目ぶって応じ、捜査一課のふたりの背中を押すようにして部屋から追い出した。入れ替わりに組織犯罪対策五課長の角田六郎がいつものようにコーヒーを無心にやってきた。

「伊丹たち、なんの用だったんだ?」

「まあ、暇つぶしでしょ。じゃあ」

亘が片手を挙げ、出ていこうとする。

「あっ、君、どちらへ?」

「ちょっと」とごまかし立ち去る亘。

それを追うかのように、右京も「では、僕も、ちょっと」と部屋から出ていった。

ひとりになった角田がサーバーからパンダのマグカップにコーヒーを注いでいると、なぜか亘が戻ってきて、小声で報告した。

「またまたアタリでした」

「ん？」

戸惑う角田に、亘は告げた。

「杉下右京が歩くと事件に当たる」

二

結局、ふたりの訪問先は同じだった。〈磯田オークション〉を訪れたふたりを、小川《おがわ》加奈《かな》という女性社員が応接室へと案内した。

「こちらでお待ちください。社長は今、会議中ですので」

加奈がそう言ったとき、廊下の向こうから男女の言い争う声が聞こえてきた。

「でも、それならちゃんと根拠をお示しください！　頭ごなしに偽物だとおっしゃられても、お客様を納得させることはできません！」

切迫したような女性の声に応じたのは、切り捨てるかのような男性の声だった。

「根拠もなにも、本物は八年も前に盗まれてるんだ。二十数億の値がついたそれが、なんで上海の路地裏で、たった三万で売られるんだ」

声の主たちがこちらへ近づいてきた。女性は山本貴和子、男性は磯田一輝である。

貴和子が磯田に食ってかかる。

「でも、盗品が流れることはよくあることじゃありませんか！」

「もういい」磯田が話を打ち切る。「これ以上、議論してもはじまらん」

加奈が恐る恐る磯田に近づいた。

「あの、社長。警察の方が……」

磯田は特命係のふたりを見て、「朝の方とは別の方ですな」と言った。

右京がお辞儀をして申し出る。

「お取りこみ中のところ申し訳ありません。少しお時間をいただけないかと思いまして」

「悪いが、これから出かけるんでね」

「五分ほどで構わないので」

亘が申し添えても、磯田は態度を変えなかった。

「三上先生のことなら、朝、お話しした以上のことはなにもありませんよ。それでもなにかお訊きになりたいことがおありなら、彼女にでも訊いてください。では」

磯田は貴和子を代役に指名して去っていった。貴和子はその背中を恨みがましく見つめると、右京と亘には笑顔を向けた。

「すぐに戻ります。お部屋へお通しして」

応接室に入ったとたん、亘が加奈に質問した。

「すみません。さっきの社長さんたちはなにを言い争ってたんです？　偽物がどうとかおっしゃってましたが」

　加奈は少しためらったあと打ち明けた。

「お客様が持ちこまれた絵画の真贋《しんがん》鑑定で、社長と貴和子さんの意見が対立してるんです」

「貴和子さんっていうのはさっきの？」

「はい」加奈がうなずく。「貴和子さんは本物の可能性が高いっておっしゃるんですけど、社長は絶対偽物だって」

「有名な人の絵画なんですか？」

「ブルーピカソです」

　内緒話を暴露するように加奈が告白したが、亘の反応は鈍かった。

「ブルーピカソ……？」

　これまで黙っていた右京の眼鏡の奥の瞳が突如として輝いた。

「ピカソの青の時代の作品群のことですよ。あっ、続きをどうぞ」

　右京に話を譲られた加奈が喜々として語る。

「青っていうのは、絵の具の青のことなんです。ピカソはスペインからパリへお友達と渡ったんですけど、そのお友達が自殺しちゃって、しばらくは暗い絵ばかり描いたんです」

「青の絵の具……？」亘が問い返す。

「はい。だから陰気で寂しげな絵ばっかりで、わたしなんかは全然好きじゃないんですけど……」

加奈が私見を交えたところで、右京が別の見解を示した。

「しかし、ヨーロッパでは青は神の色とされていましてね。ピカソは命に対する畏怖を青で表現したとも言われているようですよ」

「ああ、そうなんですか？」

加奈が感心していると、ドアがノックされ、貴和子が入ってきた。

「お待たせいたしました」

加奈は気まずそうに「失礼します」と出ていった。

特命係の刑事たちに応接セットの椅子を勧め、自らも着席した貴和子が用件を訊く。

「わたしもあまり時間がないのですが、なにをお話しすれば……」

亘が口火を切る。

「実は昨日、僕たちもオークション会場にいましてね」

「まあ！　そうでしたか」

「そのとき、三上さんのようすがちょっと気になりまして。そのあと、不審な亡くなり方をされてますし。どうでしょう？　最近、三上さんの周辺でなにか変わったことは？」

「さあ……。わたしにはそういうことは」貴和子が首をひねった。「この会社に入ってまだ半年ですので、先生とお話ししたこともほとんど……」

「以前はどちらでなにをされていたんですか？」

　右京の質問に、貴和子は「シアトルの美術館で、キュレーターをしておりました」と答えた。

「おお！　学芸員ですか。ずっとシアトルで？」

「はい」うなずいた貴和子は時計を気にし、「あの……これからお客様のところへ参りますので、これでよろしいでしょうか？」と申し出た。

「お忙しいところ、ありがとうございました」

　頭を下げて退室していく途中で、右京がはたと立ち止まり、手を打った。

「あっ！　最後にひとつだけ、よろしいですか？　そのお客様ですが、ブルーピカソを持ちこんだお客様では？」

「加奈ちゃんからお聞きになったんですね」

　貴和子が苦笑した。

「もしかすると、そのブルーピカソは八年前に横浜の画廊から盗まれたものではありませんか？」

さらに右京が質問を重ねると、貴和子は「ご存じなんですか?」と驚いた。

「当時、世界的な話題になりましたからねえ」そう前置きをして、右京がとうとうと蘊《うん》蓄《ちく》を披露した。「それが発見されたのは、横須賀の古いバーの地下でした。そのバーの持ち主が亡くなって、相続した遺族が地下の酒蔵を整理すると、見慣れぬ古い絵が出てきた。隅にかすれたサインがあり、なんとかピカソと読め、まさかと思いながらもその遺族は横浜にある老舗《しにせ》の画廊へと持ちこんだんです。画廊主はひと目見るなり、非常に興奮したそうです。未発見のブルーピカソではないかと。新たなブルーピカソ発見の可能性に沸き立ち、画廊には大勢の専門家たちが押し寄せました。いよいよスペインから公式の鑑定人が来るという矢先、画廊主はその絵が贋作にすり替わっていることに気づいたんです」

「すり替わった? 本物が贋作に? いつ?」

亘が疑問を口にした。

「さあ……。よくできた贋作だったのでしょうねえ。世界中の美術館が落札額を提示したりするなか、どの時点で贋作にすり替わったのか、誰も気がつかなかったそうですよ」

「そして本物が八年後、ここに持ちこまれたわけですね」

ようやく亘が事態を理解したところで、右京が興味津々に貴和子へ質問する。

「その絵は今、こちらに？」

「いえ、お客様がお持ちです」

「よろしければ、我々も同行させていただくわけには参りませんかね？　真贋はともかく、ぜひこの目で見てみたいのですが……」

　真剣な顔で懇願され、貴和子はおおいに迷った。

「そうですか……」


「間違いありませんね。わかりました」

　三上史郎のアトリエにいた伊丹がそう通話をしめくくった。スマホをしまう伊丹に、芹沢が質問した。

「なんかわかったんすか？」

「目撃情報が出た」

「おっ！」

　幸先のいい回答に、芹沢が色めき立った。

「三上さんが転落死する直前、あの歩道橋の下をタクシーが通りかかったらしい。そのタクシーの運転手が歩道橋の上で争うふたりの男を目撃している。時刻は午前二時少し前というから、ひとりは三上さんに間違いないだろう」

「もうひとりは？」

「わからん」伊丹が首を振る。「運転手は単なる酔っ払い同士のもめごとだろうとそのまま走り抜けたらしい」

「そうですか」芹沢は宙を睨《にら》んだ。「でも、これで他殺確定でしょうね。やっぱり社長の磯田ですかね？　たしかなアリバイもないし」

「なんで通報者が犯人見てねえかなあ」

伊丹が悔しそうに嘆いた。


ブルーピカソの持ち主は中村沙織《なかむらさおり》という老齢の女性だった。貴和子や亘とともに中村邸を訪れた右京は、壁に飾られた一枚の絵に見入っていた。ベッドの上に膝を立てて座りこむ女性の青白い背中が、紺を基調とした背景に浮いている、そんな構図の絵だった。右上のサインはたしかに「ピカソ」と読める。

「これなんですね。いいですねえ……。ピカソの青の時代には、『ブルーヌード』という作品がありますが、その延長線上の作品なんでしょうねえ」

右京はすっかり感じ入っている。亘のほうはもっと現実的だった。

「しかし、これに何十億も出す人、本当にいるんですかね？」

答えたのは専門家の貴和子だった。

「青の時代はピカソがまだ無名の頃ですから、散逸したまま埋もれている作品があるのではないかと言われてきました。ですから、多くの愛好家たちが夢を見てきたんです。いずれそれが発見されるのではないかと」

「もしその夢が現実となれば……」

右京が仮定の話を持ち出す。

「五十億を出しても欲しいという人が出てくるでしょうね」

「五十億……」

貴和子の口から飛び出した途方もない数字に、亘が絶句した。

そこへ中村沙織が緑茶の湯呑みをお盆に載せて入ってきた。一見して金のかかった装いだが、それがさまになっている。

「皆さん、テーブルのほうへどうぞ。さあさあ、どうぞお掛けになって」

右京が絵のほうを指差して訊く。

「この額はこちらで用意されたものですか？」

「ああ、その派手な額縁？　それはそのまんまの状態で、上海の雑貨店に置かれていたそうなんですよ。主人はあとで適当なものに替えるつもりだったようですけど」

「購入されたのはご主人ですか」

「ええ」沙織が肯定した。「二年くらい前に仕事で上海に参りまして。もちろん、まがい物のつもりだったようですけど。でもね、心の内では夢を見ていたと思うんですよ。ブルーピカソ事件に、とても興味を持っていたようですから。まあ、いずれ鑑定に出すつもりだったとは思うんですけれど、その前に癌《がん》が見つかってしまって……」

「ご主人は去年、亡くなられたそうなんです」

貴和子が言い添えた。

「そうでしたか……」

納得する右京に、沙織は「それでわたしがあとを継いだ次第で」と話を締めくくった。

貴和子がすかさず申し出た。

「そのことで、あとでご相談が」

「あっ、そう」

沙織が軽く流す傍《かたわ》らで、右京は真剣に絵を見つめていた。

「随分、熱心ですね、ブルーピカソに」

亘がからかい気味に耳打ちすると、右京が答えた。

「まさか今日の今日、これを目にするとは思いもよりませんでしたからねえ」

「今日の今日？」

右京の言いまわしに、亘は引っかかりを覚えた。

特命係の小部屋に戻り、右京が亘にパソコンの画面を見せた。

「これです」

三上史郎のホームページのプロフィールとして、顔写真と略歴が出ていた。

「俺が朝見ていた、三上史郎の経歴じゃないですか」

右京はうなずき、略歴の一項目を指差した。

――2008年3月　〈古澤《ふるさわ》画廊〉にて初の個展
「君がこれを見ていたとき、僕の目にはこの一行が飛びこんできました。この〈古澤画廊〉というのは、ブルーピカソ事件の舞台となった画廊です」

「三上史郎、初個展の画廊が？」

右京が指摘する。

「二〇〇八年三月というと、ブルーピカソ事件の半年前ですねえ……」

「なにか関係あるんですかね？　今回のことと」

亘が探りを入れたが、さしもの右京も苦笑するしかなかった。

「そこまでは、まだ……」

三

翌日、右京は横浜のベイエリアを訪れた。〈古澤画廊〉について調べるためである。

もっとも〈古澤画廊〉はすでになくなってしまっているので、右京はオーナーの古澤俊《とし》文《ふみ》が通っていたという、レトロな喫茶店〈クラウン〉へ出向いた。店名にふさわしく、店内には道化師（クラウン）の人形や仮面がたくさん飾られている。水のグラスが置かれたコースターにも道化師が描かれている。塔から落ちる道化師の図柄は、どうやらタロットカードのようだ。

幸い他に客はなく、右京は紅茶をオーダーしてから、店主の井上《いのうえ》から話を聞いた。初老の店主は物静かに語った。

「〈古澤画廊〉さんのことですよね。いい画廊だったんだけど、あの事件のあとすぐに売却されました」

「完全な廃業ですか？」

「だって、弁償金三億払わされたんでしょ？　なんだったっけな？　あのピカソ」

「ブルーピカソ」

右京が助け舟を出す。

「あっ、そうそう。持ち主からそれを預かってる間に盗難に遭ったわけだし、いろいろ大変だったみたいですよ。弁償しろのなんのって持ち主が騒ぎ立てて。おまけに古澤さんがネコババしたんじゃないかとか、いろんな噂が出てね、本当に気の毒でしたよ。責任感が強い真面目な人だっただけに」

そう言って、井上はカウンターに淹《い》れたての紅茶を置いた。

「その頃、〈古澤画廊〉に三上史郎という画家が出入りしていたと思うのですが、ご存じですか？」

「知ってますよ」井上が大きくうなずいた。「古澤さんが面倒見てた画家さんでしょ？」

「古澤さんが彼の面倒を見ていた？」

訊き返す右京に、井上が昔を振り返った。

「三上さんに限らず、古澤さんは売れない画家さんの面倒をよく見てましたよ。ここに連れて来てね、サンドイッチとかスパゲティとか食べさせながら、なかなか芽が出ない彼をよく励ましてましたよ」

「面倒見がよかったんですねえ……」

右京は感心し、紅茶を口に運んだ。

右京が〈クラウン〉から出たとき、タイミングよくスマホが振動した。亘からだった。

「もしもし」

――右京さん、古澤氏の現住所がわかりました。神奈川県の荒磯です。

亘から古澤俊文の居場所を聞いた右京は、すぐに直行した。訪問先は民間の介護付き有料老人ホーム〈パシフィック湘南荒磯〉である。亘とはそこで合流した。

ふたりが訪問したとき、古澤は共用スペースのベランダに並べられた椅子に腰かけ、ひとりぼんやりと海を眺めていた。

亘がブルーピカソが見つかったと用件を切り出すと、古澤の瞳に輝きが戻った。

「本物が見つかったんですか？」

「いや、本物かどうかまだわかりませんが……」

亘の答えに古澤の顔が瞬時に曇る。右京が古澤の前に立って訊いた。

「八年前、あなたの画廊から消えたブルーピカソは贋作にすり替えられていたそうですが、その贋作者について、心当たりはなかったのでしょうか？」

「つまり、犯人の心当たりですか？」

「はい。当時、あなたの画廊に出入りしていた若い画家の仕業とは、お考えにならなかったのですか？」

古澤はおもむろに立ち上がると、苦い記憶を語った。

「私にはわからなかった。多分、私は有頂天になっていたんでしょう。未発見のブルーピカソと出合って、興奮して……周りが見えなくなっていました」

「贋作に気づかれたきっかけはなんだったのでしょう？」

右京の質問に、古澤は意外な答えを返した。

「鋲《びょう》です」

「鋲？」

古澤はうなずき、細かく説明した。

「鋲がひとつ違っていた。画布を留めるあの小さな鋲が……。持ち主から預かったときには、頭が小さく欠けているものがひとつありました。それが、欠けていないものに変わっていたんです」

亘が話題を変える。

「古澤さん。オークション会社の磯田さんのことはご存じですか？　三上さんを世に出したと言われてる人ですが」

再び水平線のかなたへ目を遣《や》って、古澤は絞り出すように答えた。

「四年ほど前、一度、三上くんの個展に行ったとき、それらしき方を見かけはしましたが……。彼は器用なタイプの画家でした。しかしそれだけではなく、いずれ独自の世界を築くだろうと期待していました。しかし、私が見る限りでは……」

「ちなみに、あのときの贋作はどうされましたか？」

右京が訊くと、古澤は「処分しました。本物はどこかのコレクターに高値で買い取られたんでしょう」と答えた。

「だとすると、画家にとっては不幸なできごとになりますねえ。当然、盗品は人の目から遠ざけられますから」

「作品は人々の目に触れてこそ生きます。それをさせるのが、私たちの仕事でした。それをさせるのが……」

古澤のことばには悔しさがにじんでいた。


古澤との面会を終え、〈パシフィック湘南荒磯〉から出たところで、亘が言った。

「右京さん、僕はこのまま残ります」

右京がすぐさま亘の意図を読む。

「古澤さんのアリバイを調べるつもりですか？」

「右京さんもそこは気になるでしょ？　三上さんの死の背景には、八年前のブルーピカソ事件があるかもしれません」

「まだはっきりとはしませんがね」

右京は慎重だった。一方の亘は積極的だった。

「それに磯田です。磯田は元々、一匹狼のブローカーです。それが突然、資本金一億で今の会社を立ち上げた。その時期はブルーピカソ事件の半年後です」

亘の趣旨を右京がまとめる。

「つまり、磯田社長が三上さんに贋作を描かせた上で本物とすり替えさせ、それを売りうかねえ」

さばいて資金を得、その見返りに三上さんを人気画家に押し上げた、という構図でしょ
「三上さんが磯田に持っていた複雑な感情の背景が、これで納得できます。そしてもし、
古澤さんがそれを知ったとしたら、復讐《ふくしゅう》という凶行に出てもおかしくない」

勢いこむ亘を諭すように、右京が告げた。

「では、ここは君に任せましょう。ただし、やりすぎないように」

「はい」

亘が神妙な面持ちで腰を折った。


その頃、〈磯田オークション〉の会場で、山本貴和子は次のオークションの準備をお
こなっていた。そこへ足音も荒々しく、社長の磯田一輝がやってきた。

「例の客が持ちこんだブルーピカソ、科学検査を依頼したのは本当か？」

責めるような口調で問い質《ただ》す磯田に一歩も引かず、貴和子がはっきりと「はい」と答
えた。

「なんのための検査だ？」

「八年前に盗まれたブルーピカソかもしれませんから」

貴和子が理由を語ったとき、小川加奈に案内されて右京が部屋の入り口までやってき

た。しかし、言い争いが続いていたので、右京はしばらくそこで待つことにした。

「偽物だ!」

決めつける磯田に、貴和子は嫌みをぶつけた。

「不思議ですね……。社長はどうしてそこまで自信を持ってあれを偽物だとおっしゃるんでしょうか? 普通は本物かもしれないという期待のもとで、さまざまな調査をするものではありませんか? それなのに、社長はまるで本物がどこにあるかご存じのようですね」

「ともかく科学検査も専門家を呼ぶことも、私は許さん! それでもやると言うなら、君個人でやりたまえ! 今後、この件で会社の名前はいっさい出すな! いいね?」

磯田が頬をぴくぴく震わせて命令した。

言うだけ言って苛立《いらだ》たしげに出ていく磯田を不満そうに見つめた貴和子は、視線を転じたときに入り口付近に立っている右京の姿をとらえ、ばつの悪い表情になった。

右京が微笑《ほほえ》みながら近寄り、立ち聞きした情報を話題にした。

「検査は諦めるおつもりですか?」

「これ以上やるとクビになりそう」貴和子が自嘲する。「今日はなにか?」

「実は、八年前のブルーピカソ事件の舞台となった〈古澤画廊〉、その元画廊主さんにお会いすることができましてね、大変興味深いお話がうかがえました。もしかすると、あなたにとってもお役に立つ情報かもしれませんよ」

　右京の話を聞いた貴和子は、一緒に中村沙織のもとを訪問した。ブルーピカソの真贋を調べるためである。

　沙織の立ち会いのもと、右京と貴和子は白手袋を着けて、額縁から注意深く絵を取り出した。

　右京が画布を留めた鋲を検《あらた》めていく。

「欠けている鋲はありませんかねえ……」

　そのようすを後ろで見ていた沙織が感心する。

「でも、すごいわね、その古澤さんって方。鋲といっても、画布を留める小さな釘のことでしょ？　そんな違いにまで気づくなんて……」ここで沙織は貴和子にすり寄った。「ねえ、貴和子さん。こうなったら、このことを公表しちゃいましょうよ！　わたしがお金出しますから、専門家をたくさん呼んで」

「でも、これ以上、中村さんにご迷惑は……。騒動に巻きこまれるのは目に見えてますから」

　貴和子は躊躇《ちゅうちょ》したが、沙織はこだわっていた。

「わたしも年をとったせいか、こういう中途半端が一番嫌なの。死ぬときに悔いが残りそうで」

「中村さんはまだお若いですよ」

女性ふたりのやりとりを耳にしながら、右京はなにやら考えこんでいた。

そのあとさらにある場所を訪れた右京は、特命係の小部屋に戻ると、自分が調べてきた結果を亘に伝えた。それを聞いた亘は驚きを隠せなかった。

「中村とかいうあの女性のご主人が、上海でブルーピカソを買ったっていうのは嘘なんですか？」

「帰りにあの方のご主人が勤めていた会社に寄ってみたんです。上海のどちらへ行かれたのか、出張記録などないかと思いましてね」

「で……？」

「出張の事実はありませんでした。上海はおろか、国内の出張もなかったそうです」

「じゃあいったい、あれはなんなんですか？」コーヒーを片手に、亘が疑問をぶつけた。

「あのブルーピカソは、あのおばさんがどこかで盗んできたんですか？」

「そうまでは言いませんが、古澤さんが処分したという贋作の行方が少々、気になりますねえ。で、ホームでの聞きこみはどうでしたか？」

右京に水を向けられ、亘が渋い顔になる。

「古澤さんのアリバイは完璧でした。僕の見こみ違いです。ただ、ちょっと気になる話があるんです。古澤さんは最近よく出かけるそうなんですが、それが決まって水曜日らしいんです」

「サークルかなにかでしょうか？」

「いえ、美術館巡りだと言っているそうですが」

「美術館ですか……」

思案を巡らせはじめた右京に、亘が思わせぶりにささやいた。

「明日、水曜ですね」

四

翌日の水曜日、横浜のベイエリアの海の見える公園で山本貴和子が待っていると、そこへ古澤俊文がやってきた。喜びで緩んだ貴和子の頰が、その数秒後には強張《こわば》った。古澤の背後に、特命係のふたりの刑事の姿を認めたからである。

貴和子の表情の変化に気づいた古澤も、後ろを振り返って事態を悟り、覚悟を決めた。右京と亘に向き直り、古澤が説明する。

「この女性は二十五年も昔に……私が愛した女性です。当時、上野でピカソ展がありました。私は三日ほど通いました。ブルーピカソが数点展示されていて、それを見るのが楽しみだったんです。その三日の間、ブルーピカソだけを見に来る女性がいました。彼女は大学院を出たばかりで、学芸員になる夢を持っていた」

「それが貴和子さんですか」

目を細める右京に、古澤がうつむいて声を絞り出す。

「私たちは他の美術館でも顔を合わせました。親しくなるのに時間はかからなかった。しかしそのとき、私には妻がいたんです」

「苦しみました」貴和子が切々と告白する。「奥様を傷つけるつもりはありませんでしたから。そんなわたしの相談にのってくださったのが、中村さんなんです。中村さんはわたしの将来を心配して、つてを頼ってシアトルの美術館に職を見つけてくださいました」

「じゃあ、ずっとシアトルに？」

亘が確認すると、貴和子はうなずいた。

「ええ。二十五年の間、一度も戻りませんでした」

「八年前のブルーピカソ事件のときもですか？」

再び亘が質問する。貴和子の声に感情がこもった。

「本当は飛んで帰りたかった。ブルーピカソは世間で注目される以上に、わたしにとって特別でしたから。でも、戻れなかった……。古澤さんとは二度と会わないと奥様に誓ったんです。ところが去年、中村さんから、ご主人の訃報を知らせるはがきが届きました。せめてお線香を、と帰国しました。そのとき、初めて今の古澤さんのようすを教えられたんです」

　自分のことに触れられ、古澤が顔を上げた。貴和子はしかし目を合わせずに続けた。

「画廊を手放されたことや、奥様が亡くなられたこと、施設に入られたことを……。ショックでした。古澤さんのようすがあまりにも変わってしまって……。すべて八年前のブルーピカソ事件のせいだと思いました。事件の顚末《てんまつ》を詳しくお聞きするうちに、贋作とすり替えたのは、当時、画廊に出入りしていた関係者、それも無名の画家だとわたしは思いました」

「それは、三上さんのことですね？」

　右京の問いかけに、貴和子はただ「はい」とだけ答えた。

　貴和子のことばを補うように、古澤が三上の才能を語る。

「彼にはずば抜けた模写力がありました」

「彼を世に送り出したと言われる磯田氏についても、悪い噂を耳にしたんじゃないですか？　そして、ふたりの関係を疑った」

　亘がずばりと踏みこんだ。

「でも、証拠がありません。すべてはわたしたちの想像でした」

貴和子の答えは亘の推理を裏付けていた。

「なるほど」右京が納得した。「それで、あなたは磯田の会社に潜りこんだ」

「すり替えられた本物が、どこに流れたかを突き止めたかったんです。でもこの半年、磯田さんは尻尾を出さなかった。だから、わたしは……」

右京が貴和子の行動を読んだ。

「贋作を使って本物をおびき出す作戦に出た。中村さんのご自宅にあるブルーピカソは、八年前、〈古澤画廊〉に残されたあの贋作ですね？」

右京の顔が古澤のほうを向いた。古澤は「おっしゃるとおりです」と認めた。「捨てることができなかった、あの贋作です」

「わたしは、これは本物の可能性が高いと言い張りました。過去に盗まれた本物が、なんらかの理由で上海に流れたんだと」

告白する貴和子の心の内を、右京は正確に把握していた。

「騒ぎになればなるほど、磯田は窮地に陥る。本物だと信じて絵を買った人間は、その真贋を疑い、激しく詰め寄るでしょうからね」

「磯田さんは売った相手にコンタクトを取ると思いました」貴和子が浮かない顔になる。「けど、なにも起こらず、三上さんのようすだけがおかしくなったんです。そのことで、彼が贋作の描き手だということだけは確信できましたが……」

「彼も苦しんだでしょうねえ。そして最後は何者かに殺された……」

三上の悲運を嘆くかのように、右京が言った。

「杉下さん」貴和子が訴える。「わたしたちの計画を知って、三上さんの死にも関係しているとお考えになるでしょうね。でも、わたしたちは彼の死には決して関わってはいません！　わたしたちの目的は、彼を罰することではないんです。盗まれたブルーピカソを取り戻したいだけなんです。どうか信じてください！」

貴和子が深々と頭を下げると、古澤もそれにならった。


警視庁に戻った亘が廊下を歩いていると、向こうから仏頂面の伊丹と芹沢がやってきた。

「捜査は暗礁に乗り上げた、という顔ですね」

すれ違いざま亘がからかうと、伊丹は鼻を鳴らして「まだまだこれからだ」と強がった。

「でも、磯田の線を追ってたんじゃないんですか？　あれは、どうなったんです？」

さりげなく尋ねる亘に、芹沢が素直に答えた。

「残念ながらシロ。三上の死亡時刻、磯田は自宅マンションのベランダで、風呂上がりの一杯を楽しんでいたらしい。それを向かいのマンションの住人が見てたんだよ」

「他に容疑者は？」と亘。

「それがまったく」

「芹沢……部外者に余計なことを言うな」

伊丹が口の軽い後輩に釘を刺した。


その頃、右京は中村邸を訪問していた。計画がばれたことを知らされ、ブルーピカソの贋作の前で沙織が不満そうに語る。

「わたしたちのしたことって罪になるのかしら？　でも、磯田さんと組んで古澤さんを裏切った三上さんの罪の深さに比べたら、わたしたちのしたことなんてかわいいもんですよ。はい、お紅茶。ただのティーバッグですが」

あてこするように渡されたティーカップを右京は、「恐縮です」と受け取った。

沙織はなおも絵を見ながらぼやいた。

「でも、もしこれが本当に三上さんが描いた贋作なら、たいした力量だわね……。古澤さんが騙《だま》されたのも無理ないわ。まさか、かわいがっていた画家に……」

贋作の隅々までつぶさに見ていた右京は、小さく描かれたタロットカードに目を留めた。

「あっ！　ちょっと失礼」

右京はいきなりティーカップを沙織に押し付けると、亘に電話をかけた。

「もしもし？」

——おっ、右京さん。磯田は完全にシロだそうです。やっぱり古澤たちの仕業じゃないですか？

芹沢から仕入れた情報を口にする亘に、右京が断言した。

「いいえ、違います」

——でも、他にいないじゃないですか。

「大至急、横浜に戻ってくれませんか？」

——えっ、横浜にですか？

戸惑う亘に、右京が奇妙な頼みごとをした。

「〈古澤画廊〉のあった場所のすぐ近くに、〈クラウン〉という喫茶店があります。そこからコースターをもらってきてください。コースターですよ。あっ、それと、伊丹さんたちにはある人物を洗うよう、進言してください」

——誰のことです？

「八年前の、ブルーピカソ事件における、もうひとりの重要人物ですよ」

右京がその名を口にした。

五

数日後、貴和子が〈磯田オークション〉に出勤してくると、加奈が血相を変えて駆け寄ってきた。

「あっ、貴和子さん、おはようございます」

「どうしたの？　慌てて」

貴和子がおっちょこちょいなところがある部下をとがめたところ、意外な答えが返ってきた。

「社長が行方不明です」

「えっ？」

「ゆうべから連絡がつかなくて、今朝も連絡つかなくて、金庫のお金がなくなってて……」

加奈が貴和子にすがりつく。

「落ち着いて」

「おかしいんです。銀行のお金も下ろされてて……。だから課長が今、警察に……。わたしも行ってきます」

大急ぎで走っていった加奈の反対方向から、警察官がやってきた。亘だった。

「貴和子さん」

「冠城さん……。磯田さんの行方がわからないんですけど、もしかしたら……」

不安を口にする貴和子に、亘が「大丈夫です」と応じた。「磯田社長は、逃亡寸前に空港で捕まりました」

「えっ？　じゃあ、三上さんは磯田さんに？」

「違います。詐欺容疑が立件されたんです。それについて話がありますので、今から古澤さんのところに一緒に行ってもらえませんか？」

亘が丁寧に申し出た。


亘の運転する車で貴和子が〈パシフィック湘南荒磯〉に到着すると、古澤と一緒に右京の姿があった。

「杉下さん、これはどういうことでしょう？」

心配そうに訊く貴和子に、古澤が言った。

「私もまだなにも聞かされてないんだ」

右京がしかつめらしく貴和子と古澤を見た。

「あまりいいお話ではないので、おふたりそろってからと思いまして」

「磯田さんの詐欺というのは、八年前の……」

貴和子が〈磯田オークション〉の騒動に言及した。

「そうです」右京が肯定した。「あなた方が想像したとおりでした。八年前、彼は自分の事務所を持つために、物件を探していました。しかし、なかなか見つからず、困っていたときに不動産ブローカーの筒井《つつい》さんから声がかかりました」

「筒井？　あの……？」

古澤が声を上げた。ブルーピカソが見つかったバーを相続したのが、ほかでもない筒井宏次《こうじ》朗《ろう》だった。古澤は当時何回かそのバーで筒井と会っていたのである。

「ええ。横須賀のバーの筒井さんです。そのとき、筒井さんは、伯父は西洋絵画が好きだったが、ろくなものがなかったと愚痴をこぼしたそうです。せめてピカソのひとつも残してくれればよかったのにと。このとき、磯田の頭の中でアイデアが生まれました。贋作を本物と思わせる、決定的なアイデアです」

右京が少し間を置いた。貴和子も古澤も右京の話に聞き入っていた。

「八年前に初めて登場したブルーピカソに多くの人が惹きつけられ、埋もれていた名画の新発見かと沸き立ちましたが、真贋の決着はまだつきませんでした。古澤さんも一抹の不安はあったでしょう。ところが、それが偽物にすり替えられるという事態になって、すり替えられる前の作品は本物だと誰もが思いこんだのです。偽物が偽物にすり替えられるはずはないという思いこみ。それを利用した、巧妙な罠《わな》です」

右京はそう語ると、傍らに立ててあったイーゼルを覆っていた白い布を取った。中村邸から借りてきたブルーピカソの贋作が現れた。右京が説明を続ける。

「実は、三上さんが描いた贋作の真作……つまり、本物はこの世には存在しません。筒井が古澤さんのところに持ちこんだ絵が、そもそも三上さんが描いた贋作だったのです。変わったのは……額だけ。これも、作品はふたつあると思わせるための巧妙な罠です」

古澤がようやくからくりを理解した。

「じゃあ、すり替えられたブルーピカソは、コレクターたちに売り渡されたんじゃないんですね？　だったら……磯田さんたちはなんのためにそんなことを？」

ここで亘が前に出た。

「古澤さん、あなたは筒井に三億の弁償金を払ってますよね？　磯田たちは、初めからあなたの弁償金を狙ってたんです」

「じゃあ、三上さんはそれを承知で協力したんですか？」

貴和子が驚いたような責めるような口調で訊いた。亡くなった画家の心を代弁したのは右京だった。

「もちろん、世話になった古澤さんを騙すことに悩み、苦しんだでしょう。しかし、彼はそれ以上に世に出たかった。当時、世間では彼と同年代の画家たちが何人も注目を浴びていました。不遇のときの人間には他人の成功が殊更《ことさら》にまぶしく、つらいものです。

磯田はそれを利用したのです。そして、三上さんは誘惑に負けた。ところが、最後の最後に彼は賭けに出たのです」

「賭け？」

問い返した古澤に答えるように、右京はブルーピカソの贋作の一点を指差した。

「この企《たくら》みに、もしかすると古澤さんは気づいてくれるかもしれないと。この絵の中には数枚のタロットカードが描かれています。よく見なければ絵柄はわかりませんが、これ……。この一番手前のカード、これははっきりわかりますねえ。これは『塔』のカードです。意味は崩壊、衝撃、緊迫……。致命的な失敗や衝撃が起きた。よって、あなたは警戒する必要がある、というものです」

「三上くんはこのカードで私に警告を……？」

古澤にはまだぴんとこなかった。右京は絵に描かれたタロットカードと同じ、塔から落ちる道化師の図柄が使われたコースターを取り出した。亘が喫茶店〈クラウン〉からもらってきたものだった。

右京が訊いた。

「あなたと三上さんにとっては、これはなじみのあるものだったのではありませんか？」

「〈クラウン〉……」

唐突に古澤の頭に喫茶店での思い出が蘇《よみがえ》った。若く才能にあふれた三上を連れていっては、こんなことばで教え諭していたことが。

――人を感動させるためには、まず自分が感動しなければ駄目だ。そうでなければ、どんなに巧みな作品でも命を宿さない。絵を描いていて行き詰まったら、このことばを思い出すといいよ。

「……そうだったのか……。なのに、私は……」

古澤が唇を強く嚙む。右京が先を続けた。

「あなたは気づかなかった。もちろん、磯田たちも……。誰にも気づかれぬまま三上さんは名声を手に入れ、代わりに激しい後悔の念に苛《さいな》まれることになったのだと思いますよ」

「そして今回、自分が描いたブルーピカソが本物かもしれないと持ちこまれた。三上さんは、それで、すっかり情緒不安定になったそうです」

亘が筒井の証言を思い出しながら言った。伊丹と芹沢が筒井を取り調べていてわかった情報だった。

三上は最後、筒井と磯田にこんなふうに突っかかってきたという。

――あんたらはいいよ！　物証はないからな。けど、俺にとってはあれは、犯罪の証拠なんだぞ！　なんとかしてくれよ！　なあ！　俺は一生、あの贋作につきまとわれるんだ……。なんとかしてくれよ！

亘が三上の死の真相を語る。

「そんな三上さんを、磯田も筒井も恐れた。元々、罪の意識に苦しんでた三上さんが、自分たちを巻きこんで自滅するのではないかと。筒井のほうが心配を募らせ、あの晩、三上さんと歩道橋の上で会った。三上さんは、『二度と本物の絵は描けない。描いても描いてもあの贋作が追いかけてくる』と訴えたそうです。筒井はそんな三上さんを眺めるうち、本気で怖くなったそうです。こいつはいずれ壊れる。俺たちも道連れにされると……衝動的に、三上さんを突き落とした」

悄然《しょうぜん》とうなだれる古澤に、右京が向き合った。

「あなた方が求めていたブルーピカソは、初めからこの世には存在しません。過去の思い出に重ねた名画は幻だったのです。ですが、僕はこう思います。あなたは貧しい画家たちを支えることで、たしかなものを残されたと。この先、あなたに助けられた貧しい画家たちの中から花を咲かせる者が出てくるかもしれません。あなたのおやりになってきたことは、決して間違いではなかった。そう思える日が必ず来ると思いますよ」

古澤はブルーピカソの前へ移動し、祈りを捧げるように瞑目《めいもく》した。貴和子はその左腕にそっと自分の腕をからませた。

そんなふたりを右京と亘は優しい眼差しで見つめた。

第六話

「嘘吐き」

一

三ツ門《みつかど》夏音《かのん》は売れない漫画家だった。それでも大きな夢があった。いまは下積みでも、頑張ればいつかはきっと売れる。そう自らを鼓舞しながら、東京郊外の古い木造アパート〈村井《むらい》ハイツ小平〉の一室で、今日も深夜まで、漫画原稿の下絵を描いていた。と、隣の部屋から壁越しに男女ののしり合う声が聞こえてきた。

——お前がやったんだろ？　正直に言えよ！

——やってないって！

——俺がやったっていうのか？

——そうは言ってないでしょ！

夏音は最初無視しようとしたが、痴話喧嘩《ちわげんか》をするカップルに仕事を邪魔されてはかなわない。思い切って、抗議することにした。壁を叩きながら、「うるさいです！」と言った。

これで少しは静かになるかと思ったが、どういうわけか、男女の言い争う声はまったくおさまる気配がない。我慢の限界を超えた夏音は、深夜にもかかわらず、「うるさい！」と声を張り、両手でどんと壁を叩いた。

と、それに対抗するように、壁の向こうからも、なにかが激しく壁にぶつかる音がした。

怒らせてしまっただろうか。夏音がそう思ったのも束の間、くぐもった男の怒号とともに、なにか重たいものがどんと壁にぶつかった。衝撃で壁が揺れ、女性の短い悲鳴が聞こえる。それも一度では終わらず、二度、三度と。安普請《やすぶしん》の壁が壊れてしまうのではないか。そう心配させるような衝撃だった。

思わぬ事態を招き、夏音は怯《おび》えながら壁を見つめた。三回立て続けに大きな衝撃音がしたあとは、しんと静まり返ってしまった。逆にそれがなにかの予兆のようで恐ろしかったが、夏音は勇気を出して、壁に耳を近付けた。物音はもうなにも聞こえてこなかった。

それからは特に変わったこともなく、数日が過ぎた。それでも夏音は壁を見るたびにあの夜の異常なできごとを思い出した。

その昼も夏音は部屋に閉じこもって、漫画の下絵を描いていた。ふと手を止めてあの夜のことを思い出していると、外の廊下を歩く足音が聞こえてきた。気になって、夏音はドアスコープをのぞいてみた。茶髪でチェーンのネックレスをかけた長身の男と、濃いメイクと赤いピンヒールの小柄な女が前を横切っていく。夏音は玄関のドアを少し開け、隙間からふたりのようすをうかがおうとした。

ヤンキー風のふたりは隣室の前に立ち、こちらを睨《にら》みつけていた。目が合ってしまった夏音は慌ててドアを閉めた。いまの男が持っていたものは……。それを思い出すと、恐怖でパニックになりそうだった。


数日後、夏音はとある喫茶店で警視庁特命係の杉下右京と冠城亘に会っていた。

「隣の女性じゃありませんでした。隣の女性はもっと地味で、痩せてて、背の高い人。それに……。男の人が持っていたのは、ホームセンターの買い物袋に入ったのこぎりと包丁。金槌《かなづち》もあったと思います」

漫画家の夏音は絵を描いて説明した。

「それで、どうされたんですか？」

ひととおり話を聞いた右京が訊《き》くと、夏音は上目遣いに答えた。

「アパートの一階の大家さんに相談に行きました」

思い出しても恐怖に襲われる。夏音の頭にあのときの情景が蘇《よみがえ》ってきた……。

夏音が訪ねると、大家の村井健三《けんぞう》はこう言った。

――隣のカップルの女性？　ああ……瀬戸《せと》はるかさん？

近所付き合いのない夏音は隣人の名前を知らなかった。

――その瀬戸はるかさんって、背の高い、地味でおとなしそうな女性……ですよね？

――そうですよ。それがなにか？

――昨日……見たら……違う人になってて。

夏音が思い切って打ち明けると、村井は首をひねった。

――じゃあ、別れたのかなあ。あっ、ちょうどいいや。ちょっと！　猪口《いのぐち》さん！

村井が呼びかけた猪口という男こそ、夏音が目撃した茶髪でチェーンのネックレスの男だった。道路の向こうにたたずむ猪口はガンを飛ばすように夏音を見つめていた。

――あのさ、ちょっとおうかがいしたいことが……。

そう言いながら猪口に近寄ろうとする村井を引き止め、夏音は「勘違いでした！　あの、変なこと言ってすみません。忘れてください！」と懸命に謝った。

そんな夏音に一瞥《いちべつ》をくれると、猪口は夏音の隣の部屋へと消えていったのだった……。

夏音はそのときのようすを特命係の刑事たちに話したあと、さらに続けた。

「そのときは、なんとかごまかしたんですけど……。その日の夜から、どう見ても隣とはなんの関係もなさそうな中年の男女が、毎晩のように隣にやって来て、帰るのはいつも明け方なんです。隣の女性は……その、元いた背の高い、地味で痩せた女性は、あの日の夜から絶対に部屋から出ていません……」

「今朝のことです」亘が右京に耳打ちした。「角田課長に解決した事件の証拠品を所轄まで返却に行ってほしいと頼まれましてね。まあ……暇なんで頼まれてあげたわけですが、その所轄で三ツ門夏音さんが門前払いにあっているところに、たまたま通りかかりましてね」

　事情を察した右京が、小声で返した。

「声をかけ、話を聞き、僕をここに呼び出したというわけですか」

「まあ、面白そうだと思ったので……」

「面白そうだというのは不謹慎ですよ」右京が亘に忠告した。「もしかしたら殺人と死体損壊が隣の部屋で進行中かもしれないのですから」

　右京の発した不穏当なことばに夏音がぎょっとした。亘が右京の見解を訊く。

「どうですか？　僕はそそられましたけど？」

「その言い方が少々癪《しゃく》に障りますが」右京は興味を抑えきれずに立ち上がると、伝票を取って、夏音に言った。「参りましょう」


　喫茶店を出た特命係のふたりは、三ツ門夏音とともに〈村井ハイツ小平〉を訪ねた。亘が大家の村井の部屋のドアをノックし、出てきた初老の男に警察手帳をかざした。

「大家さんもこちらにお住まいなんですか？」

「ええ……ひとりなもんで、ここで気楽に暮らしてます」村井は作り笑いで亘に答えると、一転不機嫌そうな声で夏音に言った。「三ツ門さん、どういうつもり？　変な言いがかりまでつけて……警察まで連れてきてさ」

「はい？」と右京が得意の言い回しで村井の真意を探る。

「生活音のクレームなら、仲介の不動産屋か、私に話せば済むことでしょう」村井は夏音に不満をぶつけ、特命係のふたりと向き合った。

「猪口勇人《ゆうと》さんと瀬戸はるかさんは、二年前からうちのアパートに入居されてます。まあ、見た目はあんなですけどね、家賃はきちっと払ってくれてますし。それに、先ほど瀬戸はるかさんを見ましたよ」

「違う人でしたよね？」

すがるような目で訊く夏音に、村井は「いいえ」と断言した。

「入居当時からずーっと、ちょっと派手めで小柄な女性ですよ、瀬戸はるかさんは」

右京と亘は、外階段で二階に上がって夏音を部屋まで送った。ドアの鍵を開けながら、夏音が必死に訴える。

「嘘じゃないです！　瀬戸はるかさんは、背の高い、痩せた、地味で、おとなしそうな感じの人なんです。わたし、嘘なんて吐《つ》いてません！　嘘じゃないんです！　本当なんです！」

「まあまあ、落ち着いて」亘が両手を前に広げて、なだめた。「僕ら本職だから、その辺りしっかり確認しますから」

夏音は逃げるように部屋に入っていった。廊下に残された右京と亘は隣の部屋のほうへと移動した。室内からロックの音が漏れ聞こえていた。

「築四十年といったところでしょうかねえ。たしかに壁も薄い」

右京がアパートを見回して、評した。

「生活音でイラついて、トンデモ話をでっち上げて、僕らを巻きこみ、隣に嫌がらせ……参りましたね」

亘はすでに夏音の話を嘘と決めつけていた。

「これだけははっきりさせておきますが、僕を巻きこんだのは三ツ門夏音さんではなく、君ですよ」

右京に非難され、亘は「ああ〜っ、そうでした！」と大げさに認め、大音量の音楽が漏れてくるドアをノックした。「すみません。猪口さん、瀬戸さん、警察です。近くで窃盗騒ぎがあったもので、捜査にご協力お願いできませんか？　音、結構漏れてますよ。いらっしゃるんでしょ？　もしもーし？」

かなりしつこくノックを繰り返した結果、ようやく音楽が止《や》み、ドアが開いた。のっそりと現れたヤンキー風の男女に、右京が律儀にお辞儀した。

「やはりご在宅でしたか。警視庁特命係の杉下と申します」

「冠城です」亘は警察手帳をかざして部屋の中をのぞきこむ。「あれっ？　あののこぎり、うちにあるのと一緒ですねえ」

わざとらしく話題にする亘を遮るように、猪口が言った。

「うちは別に、泥棒に入られたとか、ないッスから」

部屋のなかにはそれほど荷物はなかった。ステレオやギターはいかにもだったが、ほかに目立ったものといえば壁にかかった数着の衣装くらいである。男物のスタジャン、女物の革ジャン、落ち着いた色合いの長めのワンピースなどがかかっている。

「それにしても、きれいにされてますねえ。ちりひとつない。最近、大掃除でも？」

女が取り繕うように「別に」と答えると、男が「もう……いいッスか」と低い声に不満をにじませた。

「はい、こちら窃盗の被害なし！　なによりでした。お邪魔しました」

右京が再びお辞儀をすると、素早くドアが閉められた。

亘が右京のほうへ顔を近付けて言った。

「気づきました？　夏音さんの部屋側の壁に洋服が吊られてましたね。僕らの目から壁の傷、もしくは血の跡を大急ぎで隠したのかも」

右京が小声で応じる。

「僕が気になったのはその中のワンピースです。派手な彼女のセンスとは思えない、とても地味なデザインでした。第一、小柄な彼女があれを着たら、丈が余って引きずって歩きますよ」

「つまり、ワンピースは本物の背の高い瀬戸はるかさんのもの。夏音さんは本当のことを言っている。となると、さっきの大家さんの証言……」

ついつい声が大きくなる亘に向かい、右京が「しーっ」と指で口を塞いだ。

「築四十年……」亘が再び小声になった。

「今日のところはこれで帰るとしましょう。これは思っていたより複雑な事件ですよ」

右京のことばに「同感です」と亘が応じた。「夜な夜な現れる中年男女も気になりますしね」

「誰が真実を言い、誰が偽証しているのか……」

〈村井ハイツ小平〉を今一度眺め渡して、右京がひとりごちた。


その夜も〈村井ハイツ小平〉の夏音の隣の部屋には、見知らぬ中年男女が集まっていた。片目に眼帯をつけたひげ面の男と、セルロイド縁の眼鏡をかけ地味なスーツを着た女である。ドアスコープでそれを確認した夏音は、壁に耳を当てて会話を聞き取ろうとしたが、ロックの音に阻まれた。

夏音は極度の不安に苛《さいな》まれ、包丁を手にしてしゃがみこみ、震えた。

「嘘じゃない、嘘じゃない……」

誰に言うでもなく、自分に言い聞かせるようにつぶやいた。

二

翌朝、特命係の小部屋で右京が紅茶を淹《い》れていると、「おはようございます」と亘が出勤してきて、ネームプレートを裏返した。

「おはようございます」

右京が落ち着いて返したとたん、亘は「ちょっと行ってきます」とすぐさま出ていこうとする。

「どちらへ？」

慌ただしい相棒を右京が呼び止めると、亘は答えた。

「三ツ門夏音さんの身元調べです」

「夏音さんの？　それはまた、どうして？」

「この事件の発端は、夏音さんが、夏音さんの口から僕らに語った物語。彼女の話が事実だという証拠はない」

「ええ」右京が認めた。「確たる証拠はまだひとつもありませんねえ」

亘が我が意を得たりとばかりに語る。

「そこで、隣の部屋の猪口勇人さんサイドからこの物語を再構築して眺めてみると、どうなるか考えてみました」

「ほう」

「三ツ門夏音は漫画家です。あえて言うなら売れてない漫画家。しかも、朝から晩まで部屋にこもり、誰にも読んでもらえない漫画をひたすら描いてるストイックな女性。そこに、隣室となんらかのトラブルが発生し、三ツ門夏音は隣の女性、瀬戸はるかさんを殺害。その遺体をこっそりどこかに隠したとしたら……」

亘の大胆な仮説に、右京がコメントする。

「隣室の猪口勇人さんは三ツ門夏音さんを疑った。しかし、この場合も確たる証拠はなにもない」

「そこで」亘がさらに推測を重ねた。「別の女性を瀬戸はるかさんに仕立て、あえて三ツ門夏音へ見せつけた。大家さんも夜な夜な訪れる中年男女も、実は猪口勇人さんの協力者だとしたら……。なので、僕は夏音さんを調べます。右京さんは謎の中年男女の身元をひとつ、お願いします」

「僕が？」

突然の指名に、右京が面食らった。

「特命係は、ふたりしかいないんですよ」

亘はいつになく積極的だった。

「また、ボツ……」

出版社の玄関前で夏音が天を仰いだ。描き上げた漫画を持ちこんだものの、採用されなかったのだ。

泣きそうになるのを我慢して歩きはじめたところ、前方に猪口勇人の姿を発見した。電柱の陰に隠れて、こちらをのぞき見ている。

夏音は恐怖のあまり息を呑んで、踵《きびす》を返した。小走りに逃げながら、猪口が追いかけてこないか幾度も後ろを振り返る。追いかけてきてはいないようだ。安心して前を向くと、そこには眼帯をつけたひげ面の男がいた。毎夜、隣室にやってくる中年男である。

夏音はとっさに道を曲がり、男をかわした。ところがそこには地味なスーツを着た眼鏡の女が待ち構えていた。パニックに陥った夏音は、小さく悲鳴を上げて、でたらめに逃げ回った。人ごみに紛れるといいかもしれない。そう考えた夏音は遊園地へと逃げこんだ。ところがそこには、はるかを名乗る小柄な女が大家の村井とともに待ち構えていた。

――嘘吐き……。

どこからか夏音を責める声がした。

「嘘じゃない……」夏音は抵抗した。

――嘘吐き……嘘吐き、嘘吐き、嘘吐き、嘘吐き……嘘吐き……。

どうやらはるかと村井が言っているようだ。

「嘘なんて吐いてない……！　嘘なんて吐いてない……！」

息を乱しながらも、夏音は懸命に否定した。

しかし夏音のことばは聞き入れられず、やがて、遊園地にいるすべての人が口々に夏音を責め立てはじめた。

――嘘吐き……嘘吐き……嘘吐き……嘘吐き、嘘吐き、嘘吐き……嘘吐き、嘘吐き、嘘吐き……。

耐えきれなくなった夏音は、ついに悲鳴を上げて地面に倒れてしまった。

「ごめんなさい……。もうしないから……許して……」

右京は〈村井ハイツ小平〉の前に車を停め、夏音の帰りを待っていた。そこへよろよろと足を引きずるようにして、夏音が帰ってきた。心ここにあらずというようすで、視線もふらついている。夏音はアパートの二階の外廊下をぼんやり見上げた。と、そこに幽霊でも見たかのようにびくっと立ち止まり、「嘘なんかじゃない！」と叫んで一目散に逃げていく。異変に気づいた右京は車から出て、夏音のあとを追いかけた。

どこへ逃げこんだのか、右京は夏音の姿を見失ってしまった。それでもなお捜していると、道の向こうからやってくる亘と遭遇した。

「あれ？　右京さん！」

「冠城くん、君、夏音さんを見かけませんでしたか？」

「いえ、僕は右京さんの交代に来ただけです」

そのとき闇を切り裂く女性の悲鳴が上がった。

「助けて！」

「夏音さん！」

右京が声のした方向へダッシュする。亘が後に続く。

公園の暗がりに人影があった。何者かが夏音にのしかかっているようだった。右京と亘が血相を変えて駆け寄るのに気づいた不審者が夏音から離れて逃走した。

亘がその不審者を追う間に、右京がぐったりと倒れこんだ夏音に呼びかけた。

「夏音さん、大丈夫ですか？」

夏音の喉元には真新しい指の痕《あと》がくっきりと残っていた。

「夏音さん！」

揺り動かすと夏音は意識を取り戻し、泣きながら右京に抱きついた。

その間にも亘は不審者を追い続けたが、結局振り切られてしまった。

右京と亘は夏音を警察へ送り届けたあと、〈花の里〉へとやってきた。

「すいません、看板間際に」

謝る亘に女将《おかみ》の月本幸子は笑顔で「いいえ」と返した。

「僕からも、おわびしますね」

右京が頭を下げる。

「いいえ」幸子は再び笑顔で応じた。「今日はいい石鯛《いしだい》が入ったんですよ。おふたりにも召し上がっていただきたかったから、ちょうどよかったです」

「魚がおいしくなる季節ですからねえ」

右京のことばに幸子は「ええ、本当に」と答え、亘の「女将の笑顔に激務の疲れも癒やされます」といういつものお上手には満面の笑みを浮かべた。

「どうぞ、ごゆっくり」

幸子が奥に下がったところで、亘が右京に言った。

「所轄の事情聴取、ちょっとかかりましたね。ああ、腹減った」

さっそく石鯛をつつきはじめた亘に右京が訊く。

「それで、夏音さんの身元調べは？」

「ああ、はい。岡山まで日帰り出張してきました。三ツ門夏音、岡山県倉敷市の出身です。幼い頃、両親は離婚。母親に引き取られ、絵を描いて過ごす少女時代。結論から言うと、夏音さん、虚言癖があるようで……」

「虚言癖？」右京が反復する。

「そのせいで、ふるさとにいられなくなった」

「ふるさとを追われるほどの嘘というのは？」

右京が食いついた。

「高校二年生のときです。母親が再婚を考え真剣に交際してた男性に、彼女、襲われたと嘘の通報を警察にしました。そのとき、真実に見せかけようと、自分の腕をナイフで切ることまでしたんです」

「自傷行為ですか……。母親を取られるとでも思ったのでしょうか？」

亘が調査結果を報告する。

「精神科医の分析はそのようだったそうで。それまでにも、小さな嘘をたくさん吐いてたらしく、母親は夏音さんを『嘘吐き』と責めるようになった。夏音さんは、『ごめんなさい、もうしない』と泣いて謝ったそうです。しかし、噂は広がり、夏音さん、高校を卒業と同時にふるさとを出た。あのアパートに入居したのは二か月前。事故物件で、彼女が入るまでずっと空いてたそうです。今夜のことも彼女が仕組んだなんて可能性は、ありますかね？」

右京は慎重に答えた。

「虚言癖があるとはいえ、今夜のは違うと思いますよ。君の調べどおりならば、孤独な夏音さんに協力者がいるとは考えにくい。それに、首には指の痕が残っていました。明確な殺意です」

「となると、夏音さんは本当のことを言っていた……」

亘がぽつんとつぶやいた。

三

翌朝、特命係の小部屋にいつものごとく組織犯罪対策五課長の角田六郎が油を売りに来ていた。角田は立ったまま、右京と亘は着席して雑談を交わしていた。

角田は亘から昨夜の話をかいつまんで聞いて、「首に指の痕ね……。それは早いとこホシを割らないと、えらいことになるんじゃないの？」と心配した。

「ええ。ただ、不幸中の幸いといいますか……」

右京のことばを亘が継いだ。

「それまで夏音さんの訴えを門前払いしてた所轄が、殺人未遂で捜査をはじめました」

「せっかくのヤマを横取りされた、みたいな顔だな」

角田が亘をからかったところへ、捜査一課の伊丹憲一と芹沢慶二が咳払《せきばら》いもわざとらしく入ってきた。

「警部殿、冠城巡査、事情聴取をさせていただきますよ」

伊丹が口火を切ると、亘が立ち上がった。

「もしかして、昨夜の夏音さん殺害未遂事件、捜査一課からは伊丹さんと芹沢さんが担当に？」

右京も立ち上がる。

「それは願ってもない。捜査はどこまで進んでいますか？」

「その質問そのままお返しします。警部殿のことですから、所轄には隠してる手掛かりがあるんじゃないかと思いましてね」

探るように訊いて、伊丹が机に尻を乗せた。

「ほう……随分、素直に警部殿の意見を聞くんだな」

角田は感心すると、部屋から出ていった。

「残念ながら、まだ動機がわかりません。それさえわかれば目星もつくと思うのですが……」

芹沢が右京の発言に反応した。

「動機って、なにを今さら……。動機はあれでしょ。隣室の死体なき殺人事件でしょ。三ツ門夏音さんがこれ以上騒がないように、口を封じようとホシが襲った」

「ということは、捜査一課の推理では三ツ門夏音さん殺害未遂の犯人は、隣の部屋の住人のどちらか、ということですか？」

右京が問うと、芹沢は「違うんすか？」と本気で驚いた。

「その場合、大本である瀬戸はるかさん殺害の動機はなんでしょう？」

右京が重ねて問う。考えながら答えたのは伊丹だった。

「うーん……痴話喧嘩じゃないですかね？　事実、そういう声が聞こえてたっていうし、その直後に壁にゴンって……」

「痴話喧嘩。極めて個人的な男女の諍《いさか》いですねえ。では、そこにアパートの大家さんや謎の中年男女まで絡んでいるのは、いったいなぜでしょう？」

右京が投げかけた疑問に捜査一課の刑事たちが答えあぐんでいると、亘が声を上げた。

「大事な情報をひとつ提供します。三ツ門夏音さんには虚言癖がありました」

思いがけない情報に顔を見合わせる伊丹と芹沢に、亘が取引を持ちかける。

「そちらの情報もください。隣の部屋の住人について」

「それは……」

メモを取り出した後輩を伊丹が遮った。「もういい。芹沢、行くぞ。時間の無駄だ」と去っていく。

あとを追おうとする芹沢に亘が言った。

「僕のポリシー、持ちつ持たれつ。恩は忘れない男です」

芹沢は一瞬思案すると、部屋に戻ってきて、亘に耳打ちした。

「もろもろまだ確認中なんだけど……。猪口勇人は福井出身。両親は早くに亡くなって、親戚の家で育った。中学時代に不良グループに入って、十代半ばで家出同然で東京に出てきた」

右京が芹沢の腕を取り、部屋の奥まで引っ張ってきた。

「彼ですがね、どうやって生計を立てているんです？」

「左官見習いです。あんな風体だけど、勤務態度は意外と真面目らしくて……。けど、三ツ門夏音が壁の音を聞いた日の翌日から欠勤を続けています」

「瀬戸はるかさんは？」

亘がさらに情報を求めると、芹沢はメモを開いて、「瀬戸はるかは……」と答えようとした。

そのとき伊丹が戻ってきて、「こらっ、芹沢！　早く来い！」と怒鳴りつけた。

「はい！　はいはい、行きまーす！」

そう答えながら芹沢はメモを走り書きし、亘に渡した。乱れた字で「セイワキカイコウギョウ」と書いてあった。

セイワキカイコウギョウは漢字で書くと〈聖羽《せいわ》機械工業〉だった。右京と亘はさっそくその会社を訪れ、総務部の長谷川房子《はせがわふさこ》という古株社員と面会した。

特命係の刑事たちの突然の訪問に少々緊張しながら房子が語った。

「瀬戸はるかさんは、平成十七年から九年間、二年前の平成二十六年まで弊社の経理部に勤務しておりました。これは、平成二十六年の社内旅行のアルバムです」と写真の収まったファイルを開き、ひとりの女性を指差した。「彼女がお尋ねの瀬戸はるかさんです」

「拝見します」

右京がアルバムを手元に引き寄せた。亘が横からのぞきこみ、その女性の印象を述べた。

「痩せてて、地味で、背が高い」

少なくとも現在、夏音の隣の部屋に猪口と一緒に住んでいる女性とは似ても似つかなかった。

右京が房子に質問した。

「瀬戸はるかさんについて、なにかご存じのことはありませんか？　どんな些細《ささい》なことでも結構なんです。そう、例えば出身地とか家族のこと、親しい友達など」

房子は少し考えてから、「彼女、友達はいなかったと思います。家族もいません。都内の児童養護施設の卒園生だそうです」と答えた。

「施設ですか？」亘が興味を示す。

「産み逃げされたそうです」

「はい？」意外なひと言に右京が反応した。

「母親は臨月になってから産院で飛びこみ出産して、そのまま逃げた。本人が一度だけ口にしたことがあります。『この世に生まれた瞬間から、家も家族もない人間です』と」

有意義な情報を得て会社を出たところで、右京が亘に言った。

「〈聖羽機械工業〉、たしか経理部の部長補佐が会社の金を二億六千万円ほど使いこんでいたのが発覚し、警察に逮捕された事件がありましたねえ」

「あっ！　かすかに記憶が」亘が頭の奥から記憶を引っ張り出す。「個人の犯行で二億六千万円とはなかなかの金額だと、当時、ちょっと騒がれてましたね。ここ、あの会社ですか」

右京は「ええ、その会社です」と答え、博覧強記ぶりを披露した。

「部長補佐は何年もかけて目立たぬように金を着服し、ギャンブルや不適切な関係の女性につぎこんでいました。捜査二課は彼を逮捕後、着服した金の流れを調べていましたが、六千万ほど行方がわからなかった。最後のほうはどんぶり勘定で、使いこんだ本人もなにに使ったのか、あやふやでした。二年前の事件です」

亘が符合に気づいた。

「二年前、瀬戸はるかさんは〈聖羽機械工業〉を退職。しかも、彼女は部長補佐と同じ経理部」

右京がさらに符合を指摘する。

「猪口勇人さんと例のアパートで同棲《どうせい》をはじめたのも、同じく二年前」

「気になりますね」と亘。

「ええ、おおいに気になりますねえ」

右京が同意したとき、亘のスマホの着信音が鳴った。サイバーセキュリティ対策本部の青木年男からだった。


ふたりはその電話に誘われるように警視庁に戻り、サイバーセキュリティ対策本部へ行った。

「役に立ちそうな情報って？」

さっそく用件に入る亘に、青木がにやりと笑った。

「特命係、人手が足りないご様子だったので、ちょっと調べてみたんですよ。三ツ門夏音の隣人の部屋を夜な夜な訪れる中年男女について」

恩着せがましい物言いに亘が焦《じ》れる。

「それで？」

「わかったのですか？」

右京も話を聞きたがっていることがわかると、青木はパソコンのキーボードを手慣れたようすで操作した。

「まず、アパート周辺の防犯カメラの映像を洗い、出没時間と出没頻度から、問題の中年男女を特定しました」ディスプレイにひげ面の眼帯男とスーツ姿の眼鏡女の画像が浮かびあがった。「さらに顔認識システムで同じ人物が映る映像を都内から探し、識別して居住範囲を絞り、身元の特定を……」

ここで右京が割りこんだ。

「あとは聞かぬが花でしょう。サイバーセキュリティ対策本部の母体は、刑事部、生活安全部、それから公安部ですからね」

「国民の情報、丸裸ですね」

非難するような亘に、青木が軽く言い訳する。

「電子化された情報だけですよ。まだ、今のところはね」

画面に中年男女ふたりの顔写真とプロフィールが表示された。青木が読み上げる。

「河合節夫《かわいせつお》、五十歳。妻の妙子《たえこ》、四十九歳。八王子市虹川六丁目に在住。夫婦で塾を営んでおり、子供はなし」

「子供はなし……」右京が繰り返した。

「ちなみにこの夫婦、三年前に八王子西署に詐欺被害の相談をしていました」

青木が補足の情報をもたらすと、右京が興味を示した。

「詐欺とは、どういう？」

「気になりますか？」

「……ちょっと気になりますね」

もてあそばれているのを承知しつつ、右京が応じると、青木は再びパソコンを操作した。河合節夫による被害届が現れた。

「被害相談の資料です。NPO法人〈ヴェルベーヌ〉の共同墓地計画に出資して、夫婦合わせて百六十万円の損失。詐欺だと所轄に訴えるも立件できず、最後はうやむや」青木はここで嬉しそうに笑った。「警察らしいや。あっ、お礼はいいですよ、杉下さん。こんなの僕にはちょちょいのサクサクですから」

「冠城くん、行きましょう」

右京は青木を無視して、亘とともに出ていった。そんな右京に、青木が顔を歪ませる。

「本当にお礼もなしかよ……」

サイバーセキュリティ対策本部を出たところで、亘が言った。

「あいつ、結構役に立ちますね」

右京はすでに青木のことを頭から追い払っていた。

「それより共同墓地計画ですよ。お墓とはなにか？」

「え？」だしぬけの右京の質問に亘が戸惑う。

「お墓とは死後の家です。では、共同墓地計画とはなにか？　死後の家に一緒に入る、いわば死後の家族を集めることです」

そのことばで亘の頭にあることが閃《ひらめ》いた。

「家族……猪口勇人は両親が早くに亡くなり、天涯孤独」

右京がしたりと続ける。

「本物の瀬戸はるかさんは母親に産み逃げされ、河合夫妻に子供はおらず……」

亘もすでに右京の考えが読めていた。

「アパートの大家さん、村井さんもひとり暮らし」

右京と亘は八王子へ行き、〈ヴェルベーヌ〉の詐欺にあった別の被害者、笹本悦治《ささもとえつじ》というひとり暮らしの老人を訪ねた。

「八十万円も出したのに、資金不足で結局、墓地は買えずじまい。〈ヴェルベーヌ〉は解散して、わずかばかりの返金で泣き寝入りなんてさ……。いいとこでしょ？　海の見える小高い丘。ここだったんですよ、ここ！　ここをみんなで買って、お墓を建てて、まあ死んだらそこへ入ってね……」

　笹本はパンフレットを示しながら、悔やむように言った。

「〈ヴェルベーヌ〉では、会員同士の交流も頻繁におこなわれていたとうかがいましたが」

　右京が水を向けると、笹本は認めた。

「ええ、ありましたよ。だってほら、気の合わない人と同じ墓には入りたくないでしょう？　そうやって親しくなった人たちのことをね、墓友《はかとも》っていってね……」

「墓友？」亘は初めて耳にすることばだった。

「ええ。今流だよね。まあ、わしは腰が悪いんでそんなに参加できなかったけど、河合さんご夫妻は熱心に参加されてたなあ」

　懐かしがる笹本に、亘が訊いた。

「あの……当時の会員名簿、お持ちでしょうか？」

「ええ、持ってますよ、まだ。〈ヴェルベーヌ〉が解散して、もう三年だってのに……」笹本はぼやきながら、「よいしょ」と声に出して立ち上がり、奥の部屋から名簿を持ってきた。「生きてる間は孤独でも、死んでからは新しい家族がいる。本当にね、死ぬのが楽しみだったのに……」

　愚痴を並べ立てる笹本の横で右京と亘は名簿をめくった。

あいうえお順の名簿には、「猪口勇人」「河合節夫」「河合妙子」「瀬戸はるか」「村井健三」全員の名前が載っていた。それぞれの名前を指差して、亘が言った。

「右京さん、ありましたね」

特命係の小部屋に戻り、亘がここまでにわかったことを整理した。

「見えてきましたね。三年前、共同墓地の詐欺に遭った墓友たちと、二年前消えた六千万円」

右京が受けて仮定を加える。

「もしその六千万円を元経理部だった瀬戸はるかさんがどこかに隠し持っていたとしたら……」

「殺人の動機は痴話喧嘩ではなく、お金。河合夫妻と大家の村井も、分け前目当てに死体損壊等で協力」

事件の構図をずばり語った亘だったが、右京は必ずしも納得していなかった。

「ええ。しかし、別の可能性もありますがね」

「別の可能性？」

三ツ門夏音は今でもときおり幻覚に襲われていた。ふと気をぬくと、目の前に猪口勇人やはるかを名乗る謎のヤンキー風の女性、見知らぬ中年の男女などが現れる。

幻覚を振りほどくためには、漫画に集中するしかない。そう考えた夏音は一心にペンを走らせた。効果は抜群だった。漫画を描いていれば、幻覚も現れることがない。

真夜中になり、興に乗ってきたところで、いきなり夏音の携帯電話が鳴った。夏音の顔が、一瞬にして恐怖で強張《こわば》る。せっかく集中していたのに台無しだった。またもや幻覚が夏音を襲った。

四

数日後、〈村井ハイツ小平〉の前に、引っ越し業者のトラックが停まっていた。結局、夏音は不安をぬぐい去ることができず、転居することにしたのだ。ここ一週間で、夏音はすっかり面やつれしていた。隈《くま》の浮いた目で引っ越し業者の責任者の前に立つと、

「よろしくお願いします」と頭を下げた。

夏音が去っていくのを確認して、村井が部屋から出てきた。その後ろから猪口がはるかの偽者とともに現れた。

偽者のはるかが村井の肩を叩き、手を差し出す。村井は十枚ほど一万円札の入った封筒を取り出すと、偽はるかに渡した。

「ありがとな。口止め料もこみだからな」

中身を素早く検《あらた》めた偽はるかは「オッケー！」と手を振って、その場から立ち去った。

その夜、〈村井ハイツ小平〉を河合節夫、妙子夫妻が訪れた。ふたりは村井と猪口に合流し、夏音がいなくなった部屋の前へと移動した。村井がドアを開錠し、四人は懐中電灯を手にして真っ暗な部屋へと入った。迷うことなく押し入れの前に移動すると、四人を代表して猪口が押し入れの上段に上り、天井裏を探る。目当てのボストンバッグを見つけて引っ張りおろすと、村井がチャックを開けた。中には新聞紙を紙幣大に切りそろえ帯をかけた束があふれんばかりにつまっていた。

「どういうこと……？」

村井が目を丸くしたとき、部屋の照明がつき、右京と亘が姿を現した。

「やっぱりいらっしゃいましたね。お待ちしていました」

亘が墓友の四人に深々とお辞儀をすると、右京が前置きなしに本題を切り出した。

「すべての発端は六年前、共同墓地計画で出資金を募ったＮＰＯ法人、〈ヴェルベーヌ〉の墓友の交流会だったのでしょうねえ。ＮＰＯが購入を計画していた土地は、海の見える小高い丘。死後の家と死後の家族に、皆さんの夢は膨らむ一方でした」

右京のことばで、猪口はみんなが最初に顔を合わせた飲み会の席のことを思い出した……。

——猪口勇人です。左官見習いです。自分らの墓ができたら、親も一緒に……あっ、えっと……、お願いします！

そう挨拶をすると、地味で真面目そうな女性が立ち上がって、自己紹介をした。

——瀬戸はるかです。〈聖羽機械工業〉に勤めています。わたし……生まれたときから家族がいなくてずっと寂しくて……。よろしくお願いします。

どことなく寂しげなはるかを励まそうと猪口が指笛を吹くと、年配の男がビール瓶を抱えてやってきて、猪口とはるかのグラスに注いだ。

——さあ、飲みましょう、飲みましょう。これからは長いお付き合いだ。なんてったって、死んでからは同じ家に住む家族みたいなもんだ。まあ、あの、あれですね。年齢的にいったら、私が先に行って皆さんをお迎えすることになると。

陽気なこの男が村井だった。河合夫妻も自己紹介し、その夜は楽しく過ぎていった……。

猪口の物思いを破るように、亘がはるかの罪を暴いた。

「ところが三年前、詐欺同然にＮＰＯが解散してしまった。失望と怒りに突き動かされ、それまで真面目に生きてきた瀬戸はるかさんが、大胆な行動を起こした。おそらく部長補佐が会社のお金を着服していることに以前から気づいていたんでしょう。彼女も同じことを……」

右京が話を引き継いだ。

「その一年後、今から二年前、部長補佐は逮捕。被害総額は二億六千万円。そのうち使途不明の六千万円は、瀬戸はるかさんが着服したのです。しかしながら部長補佐の逮捕を受け、怖くなったはるかさんは、墓友の皆さんに打ち明けました」

猪口が再び回想する……。

——明日、警察に自首しようと思います。

墓友たちを前に、思いつめた表情ではるかが言ったとき、真っ先に止めたのは猪口だった。

——けど、捕まった部長補佐ってのは、全部自分が使いこんだって思ってんだろ？ な？ だったら、黙ってたって……。

——はるかちゃん、六千万円のうち、どのくらい使った？ 使った分、わたしたちで足して、こっそり会社に返せばいいじゃない。

——ああ、それがいい。はるかちゃん、いくら使った？

河合夫妻の質問にはるかは首を左右に振った。

——使ってはいません。六千万円そのままあります。

——なんで？ なんで、そのまま持ってるの？

村井の疑問は猪口の疑問でもあった。

——皆さんと一緒に入る……お墓をわたし……。あの素敵な丘の上のお墓を、どうしてもわたし、諦められなくて……。

はるかの答えを聞いたとき、猪口の胸は張り裂けそうになった……。

洞察力に優れた特命係の警部は、猪口の頭の中をスキャンしたかのように続けた。

「皆さんは、彼女の思いがいじらしくなった。諦めた夢が叶《かな》うかもしれないという期待も生まれました」

「だからといって、横領したお金でお墓を買うには良心の呵責《かしゃく》もあった。相談した結果、出した答えは……」

亘は結論を右京に譲った。

「先送りでした。当時、村井さんのアパートには空き部屋がふたつあったそうですねえ。そのうちのひとつは入居中のお年寄りが孤独死した事故物件。ここです。新しく人が入る可能性は限りなくゼロに近い」右京が天井裏を指差した。「そこでここに、お金を隠しました。事件の主役は隣室ではなく、この部屋だったのです。本物の瀬戸はるかさんは会社を辞め、隣の部屋で猪口さんとこれまで以上にひっそりと暮らしはじめました」

隠していた事実を次々と明らかにされ、猪口は拳を握りしめた。河合節夫は妻の肩を抱き、村井はただ茫然《ぼうぜん》と立ち尽くしている。

聞き手の反応を確かめながら、亘が続きを語った。

「それから二年間は、とても楽しい時間だったでしょう。秘密の共有は疑似家族の絆《きずな》を深めた。お金に手をつけないことで、自分たちの良心もギリギリ保てる。現代のおとぎ話的な」

ついに妙子が本音を漏らした。

「できることなら、永遠に続いてほしかった……」

「しかし皆さんは、突然、六千万円を使う必要に迫られました」右京が切りこんだ。

「このような騒動をはじめたわけですからねえ。それは、なぜか？　僕は考えました。六千万円を使うとしたら、墓地の購入以外にはあり得ない。つまり、墓友のどなたかに病が見つかり、余命宣告が下されたのではないか」

右京の推理を聞いた墓友の四人の顔色が変わった。一番反応が大きかった猪口に向けて、亘が言った。

「その人は、今ここにいない瀬戸はるかさんですね？」

猪口は答えなかったが、うろたえぶりが亘の指摘の正しさを物語っていた。

右京が墓友たちの心の動きを正確に再現する。

「皆さんは彼女を励ましつつも、一方でとても悲しいことですが、彼女の死を覚悟し、そして、死後の家……、はるかさんが憧れていた海の見える丘を買う決心をした。つまり、六千万円に手をつける決心をしたのです。しかし、大きな問題がありました。事故物件でずっと空いていたこの部屋に、二か月前から三ツ門夏音さんが入居していたのです」右京が猪口の前に立ち、告発する。「そこで、あたかも隣室で殺人及び、死体損壊が進行中のように見せ、夏音さんを恐怖に陥れ、追い出そうとした」

亘が村井の前に一枚の写真を差し出した。酔っぱらって赤い顔をした村井の隣に、偽者の瀬戸はるかが写っていた。

「裏、取りました。偽のはるかさん役は、大家さんがよく行くスナックのホステスのレイナさん」

ここで河合節夫が初めて口を開いた。眼帯をつけてひげ面なので黙っていると妙な威圧感があったが、甲高く生真面目な声だった。

「私が最初に言い出したんです。いい身代わりがいたら頼んでもらえないかって。だって……」

右京が眼帯男の先回りをする。

「誰も死んではいないのだから。この計画の巧妙なところは、もし夏音さんが警察に訴えても事件にならないことでした。しかし、誤算が生じた」

「僕たち、警察が入りこんできた」

自らきっかけを作った亘が言うと、右京が最後の種明かしをした。

「それからは神経戦になりました。皆さんはあの手この手で夏音さんを脅し、ついに、引っ越しをさせた。しかし、夏音さんの引っ越しは、この推理が正しいか否かを確かめるために我々が打ったお芝居なんですよ」

声を失う一同に、亘が説明する。

「目には目を、歯には歯を。芝居には芝居を」

亘が合図をすると、入り口から夏音が静かに入ってきた。深い不信感が宿った瞳で夏音に見つめられ、一同は顔を伏せるしかなかった。四人の中で村井だけが不満げだった。

「そんな……芝居だなんて、殺生な……」

「おとぎ話じゃ済まないレベルになったからです。夏音さんは殺されかけた」

亘のひと言で、部屋に再び驚愕《きょうがく》と緊張が走った。

「殺そうとした？　馬鹿な！　だ……、誰がいったい？」

河合節夫の発言は、この場の他のメンバーの思いも代弁していた。

「天井裏に隠した六千万円に、この二年間、皆さんは手をつけずにいた。しかし、ひとりだけそれを使いこんだ裏切り者がいたのです」

右京が右手の人差し指を立てた。猪口がたちどころに否定する。

「裏切り者？　俺たちの中に？　嘘だよ。あり得ない！」

しかし右京は折れなかった。

「仲介の不動産業者に確かめました。この二年間、この部屋は借り手がつかなかった。しかし実は、まったくつかないのではなく、安さに惹かれて申しこんだ人もいたそうですが、入居審査ですべて落とされていました」

「にもかかわらず、二か月前、瀬戸はるかさんが余命宣告を受けた直後、夏音さんの入居が認められた。なぜか」

亘が問題点を整理すると、右京はついに犯人を指摘した。

「村井さん、あなたは大家である立場を利用して、ずっと空いていたこの部屋に出入りし、六千万円を使いこんだのではありませんか?」

特命係のふたりの刑事のほかに夏音、さらには墓友の三人もが村井に険しい目を向けた。

「うう……違う……違う……」

見苦しく否定する村井に、亘が追い打ちをかける。

「皆さんとは別の筋書きを考えていた。夏音さんが天井裏の六千万円に気づき、盗んだことにしてしまおう」

さらに右京が推理を重ねる。

「僕たちが現れたあとは、こうです。いっそ殺してどこかに埋めて、六千万円を持ち逃げしたまま失踪したことにしてしまおうと」

「違う、違う、違う……」

慌ただしく首を振る村井に、亘が弁明のチャンスを与えた。

「反論があるなら、どうぞ」

するると村井は箍《たが》が外れたように笑いはじめた。そしてひとしきり笑うと、開き直って目の前の墓友を罵倒しだした。

「なにが丘の上の墓だよ。死んだらなにがあるっていうんだよ。金はな、生きてるうちに使うもんだ！　死んでからどんだけ立派な墓に入ったって、生きてるうちに楽しまなきゃ、意味ねえんだよ！　この馬鹿野郎どもが！」

そのことばに逆上した猪口が握りしめた拳を振り上げた瞬間、右京が大声で割って入った。

「村井さん、勝手な理屈を言うもんじゃありませんよ！　元は盗んだお金じゃありませんか。それ以前にいいですか？　あなたのしたことは殺人未遂ですよ」

村井が観念すると、右京は三人の墓友のほうを向き、なお語気も荒く断じた。

「そして、皆さんも犯人隠避の容疑でご同行願います。これだけは申し上げておきましょう。犯罪で幸せを手に入れることなどできませんよ、決して！」

数日後、病院のベッドの上の本物の瀬戸はるかの手に、漫画原稿が握られていた。はるかがゆっくりとページをめくる。

入院中の長髪の女性のもとに、眼鏡とのっぽの刑事が現れ、眼鏡の刑事が言う。

——瀬戸はるかさん……。

——はい。

長髪の女性が答えると、眼鏡の刑事が申し出る。

——二年前の横領事件についてお話をうかがいたいのですが……。

長髪の女性が再びうなずく。

——はい。

——でも、その前に少しだけ……。

のっぽの刑事が病室のドアを開けると、ポニーテイルの女性が入ってきた。

——はじめまして。三ツ門夏音です。

のっぽの刑事がふたりの女性を引き合わせる。

——隣の部屋の三ツ門夏音さんです。こちら、本物の瀬戸はるかさん。

長髪の女性がポニーテイルの女性に謝る。

——刑事さんからうかがいました。怖がらせてしまって……ひどい目に遭わせてしまって、本当に……本当に、すみません！

頭を下げる長髪の女性に、ポニーテイルの女性が言った。

——わたしもずっと……ひとりでした。はるかさん。東京で最初の……お友達になってくれませんか？

長髪の女性の顔がぱっと輝いた。

――夏音さん……。

瀬戸はるかが漫画から顔を上げると、この漫画を描いた三ツ門夏音がベッドサイドで照れ笑いを浮かべていた。

「恥ずかしい……。今、続き描いてるんで、楽しみにしててください」

はるかも穏やかな顔で微笑《ほほえ》みを返した。

病室の入り口でふたりのようすを眺めていた亘が右京に報告する。

「夏音さん、もう少し東京で頑張るそうです」

「そうですか」右京はうなずき、「ああ、ところで、あの原稿の我々の顔なんですがね」と言った。

「ええ」

「少々、ハンサムに描かれすぎていると思いませんか？」

「いやいや、実物のほうがもっとハンサムですよ」

亘が珍しく右京の意見を却下した。

相棒 season 15（第1話〜第6話）

STAFF

エグゼクティブプロデューサー：桑田潔（テレビ朝日）
ゼネラルプロデューサー：佐藤涼一（テレビ朝日）
プロデューサー：伊東仁（テレビ朝日）、西平敦郎（東映）、
　　　　　　　　土田真通（東映）
脚本：輿水泰弘、真野勝成、山本むつみ、森下直、坂上かつえ、
　　　櫻井智也
監督：橋本一、兼﨑涼介、藤岡浩二郎
音楽：池頼広

CAST

杉下右京……………………………水谷豊
冠城亘……………………………反町隆史
月本幸子…………………………鈴木杏樹
伊丹憲一…………………………川原和久
芹沢慶二…………………………山中崇史
角田六郎……………………………山西惇
青木年男…………………………浅利陽介
益子桑栄…………………………田中隆三
中園照生……………………………小野了
内村完爾…………………………片桐竜次
日下部彌彦………………………榎木孝明
衣笠藤治……………………………大杉漣
社美彌子………………………仲間由紀恵
甲斐峯秋…………………………石坂浩二

制作：テレビ朝日・東映

第１話
初回放送日：2016年10月12日

守護神

STAFF

脚本：輿水泰弘　監督：橋本一

GUEST CAST

来栖トヨ………………山本陽子　来栖初恵…………小野ゆり子

第２話
初回放送日：2016年10月19日

チェイン

STAFF

脚本：真野勝成　監督：兼﨑涼介

GUEST CAST

羽賀友一………………音尾琢真　小田桜子…………大谷みつほ

第３話
初回放送日：2016年10月26日

人生のお会計

STAFF

脚本：櫻井智也　監督：兼﨑涼介

GUEST CAST

谷中敏夫………………石井正則

第4話

初回放送日：2016年11月２日

出来心

STAFF

脚本：山本むつみ　監督：藤岡浩二郎

GUEST CAST

平井貞男……………風間杜夫　尾形留美子……………内田慈

第5話

初回放送日：2016年11月９日

ブルーピカソ

STAFF

脚本：坂上かつえ　監督：藤岡浩二郎

GUEST CAST

山本貴和子……………森尾由美　古澤俊文……………堀内正美

第6話

初回放送日：2016年11月16日

嘘吐き

STAFF

脚本：森下直　監督：橋本一

GUEST CAST

三ツ門夏音……………柳生みゆ　村井健三……………諏訪太朗

相棒《あいぼう》 season15 上

朝日文庫

2017年10月30日　第1刷発行

脚　本　輿水泰弘《こしみずやすひろ》　真野勝成《まのかつなり》　山本《やまもと》むつみ
森下直《もりしたただし》　坂上《さかがみ》かつえ　櫻井智也《さくらいともなり》

ノベライズ　碇 卯人《いかりうひと》

発行者　友 澤 和 子
発行所　朝日新聞出版
〒104-8011　東京都中央区築地5-3-2
電話　03-5541-8832（編集）
03-5540-7793（販売）

印刷製本　大日本印刷株式会社

定価はカバーに表示してあります

ISBN978-4-02-264862-4

落丁・乱丁の場合は弊社業務部（電話03-5540-7800）へご連絡ください。
送料弊社負担にてお取り替えいたします。

相棒
脚本・輿水　泰弘／ノベライズ・碇　卯人

テレビ朝日系の人気ドラマをノベライズ。クールで変わり者の杉下右京と、熱い人情家の亀山薫。右京の頭脳と薫の山カンで難事件を解決する。

相棒
警視庁ふたりだけの特命係
脚本・輿水　泰弘ほか／ノベライズ・碇　卯人

テレビ朝日系ドラマのノベライズ第二弾。杉下右京が狙撃された！　一五年ぶりに明かされる右京の過去、そして特命係の秘密とは。

相棒season1
脚本・輿水　泰弘ほか／ノベライズ・碇　卯人

時事的なテーマを扱い、目の肥えた大人たちの圧倒的な支持を得たシーズン2。警視庁特命係の二人があらゆる犯罪者を追いつめる！

相棒season2（上）
脚本・輿水　泰弘ほか／ノベライズ・碇　卯人

難事件から珍事件まで次々に解決していく右京と薫。記憶喪失で発見された死刑囚・浅倉の死の真相と、その裏に隠された陰謀とは？

相棒season2（下）
脚本・輿水　泰弘ほか／ノベライズ・碇　卯人

特命係が永田町に鋭いメスを入れる「双頭の悪魔」「女優」「潜入捜査」ほか、劇場版「相棒」への布石となる大作が目白押しのノベライズ第五弾！

相棒season3（上）
脚本・輿水　泰弘ほか／ノベライズ・碇　卯人

時効に隠れた被害者遺族の哀しみを描いた「ありふれた殺人」、トランスジェンダーの問題を扱った「異形の寺」など、社会派ミステリの真骨頂！

相棒season3（下）
脚本・輿水　泰弘ほか／ノベライズ・碇　卯人

相棒season4（上）
脚本・輿水　泰弘ほか／ノベライズ・碇　卯人

極悪人・北条が再登場する「閣下の城」、オカルティックな「密やかな連続殺人」、社会派ミステリの傑作「冤罪」などバラエティに富む九編。

相棒season4（下）
脚本・輿水　泰弘ほか／ノベライズ・碇　卯人

シリーズ初の元日スペシャル「汚れある悪戯」、右京のプライベートが窺える「天才の系譜」、人気のエピソード「ついてない女」など一一編。

相棒season5（上）
脚本・輿水　泰弘ほか／ノベライズ・碇　卯人

放送開始六年目にして明らかな〝「相棒」らしさ〟を確立したシーズン5の前半一〇話。人気ドラマのノベライズ九冊目！《解説・内田かずひろ》

相棒season5（下）
脚本・輿水　泰弘ほか／ノベライズ・碇　卯人

全国の相棒ファンをうならせた感動の巨編「バベルの塔」や、薫の男気が読者の涙腺を刺激する秀作「裏切者」など名作揃いの一〇編。

相棒season6（上）
輿水　泰弘ほか／ノベライズ・碇　卯人

裁判員制度を導入前に扱った「複眼の法廷」をはじめ、あの武藤弁護士が登場する「編集された殺人」など、よりアクチュアルなテーマを扱った九編。

相棒season6（下）
脚本・輿水　泰弘ほか／ノベライズ・碇　卯人

特急密室殺人の相棒版「寝台特急カシオペア殺人事件」から、異色の傑作「新・Wの悲喜劇」「複眼の法廷」のアンサー編「黙示録」など。

相棒season7（上）
脚本・輿水　泰弘ほか／ノベライズ・碇　卯人
亀山薫、特命係去る！　そのきっかけとなった事件「還流」、細菌テロと戦う「レベル4」など記念碑的作品七編。《解説・上田晋也（くりぃむしちゅー）》

相棒season7（中）
輿水　泰弘ほか／ノベライズ・碇　卯人
船上パーティーでの殺人事件「ノアの方舟」、アッと驚く誘拐事件「越境捜査」など五編。《解説・小塚麻衣子（ハヤカワミステリマガジン編集長）》

相棒season7（下）
脚本・輿水　泰弘ほか／ノベライズ・碇　卯人
大人の恋愛が切ない「密愛」、久々の陣川警部補「悪意の行方」など五編。最終話は新相棒・神戸尊が登場する「特命」。《解説・麻木久仁子》

相棒season8（上）
脚本・輿水　泰弘ほか／ノベライズ・碇　卯人
杉下右京の新相棒・神戸尊が本格始動！　父娘の愛憎を描いた「カナリアの娘」など、連続ドラマ第8シーズン前半六編を収録。《解説・腹肉ツヤ子》

相棒season8（中）
輿水　泰弘ほか／ノベライズ・碇　卯人
四二〇年前の千利休の謎が事件の鍵を握る「特命係、西へ！」、内通者の悲哀を描いた「SPY」など六編。杉下右京と神戸尊が難事件に挑む！

相棒season8（下）
輿水　泰弘ほか／ノベライズ・碇　卯人
神戸尊が特命係に送られた理由がついに明らかにされる「神の憂鬱」など、注目の七編を収録。伊藤理佐による巻末漫画も必読。

朝日文庫

相棒season9（上）
脚本・輿水　泰弘ほか／ノベライズ・碇　卯人

右京と尊が、夭折の天才画家の絵画に秘められた謎を追う「最後のアトリエ」ほか七編を収録した、人気シリーズ第九弾！　《解説・井上和香》

相棒season9（中）
脚本・輿水　泰弘ほか／ノベライズ・碇　卯人

尊が発見した遺体から、警視庁と警察庁の対立を描く「予兆」、右京が密室の謎を解く「招かれざる客」など五編を収録。　《解説・木梨憲武》

相棒season9（下）
脚本・輿水　泰弘ほか／ノベライズ・碇　卯人

テロ実行犯として逮捕され死刑執行されたはずの男と、政府・公安・警視庁との駆け引きを描く「亡霊」他五編を収録。　《解説・研ナオコ》

相棒season10（上）
脚本・輿水　泰弘ほか／ノベライズ・碇　卯人

仮釈放中に投身自殺した男の遺書に恨み事を書かれた神戸尊が、杉下右京と共に事件の再捜査に奔る「贖罪」など六編を収録。《解説・本仮屋ユイカ》

相棒season10（中）
輿水　泰弘ほか／ノベライズ・碇　卯人

子供たち七人を人質としたバスに同乗した神戸尊と、捜査本部で事件解決を目指す杉下右京の葛藤を描く「ピエロ」など七編を収録。《解説・吉田栄作》

相棒season10（下）
脚本・輿水　泰弘ほか／ノベライズ・碇　卯人

研究者が追い求めるクローン人間の作製に、内閣・警視庁が巻き込まれ、神戸尊の最後の事件となった「罪と罰」など六編。　《解説・松本莉緒》

相棒season11（上）
脚本・輿水　泰弘ほか／ノベライズ・碇　卯人
香港の日本総領事公邸での拳銃暴発事故を巡り、杉下右京と甲斐享が、新コンビとして活躍する「聖域」など六編を収録。《解説・津村記久子》

相棒season11（中）
脚本・輿水　泰弘ほか／ノベライズ・碇　卯人
何者かに暴行を受け、記憶を失った甲斐享が口にする断片的な言葉から、杉下右京が事件の真相に迫る「森の中」など六編。《解説・畠中　恵》

相棒season11（下）
輿水　泰弘ほか／ノベライズ・碇　卯人
警視庁警視の死亡事故が、公安や警察庁、さらには元・相棒の神戸尊をも巻き込む大事件に発展していく「酒壺の蛇」など六編。《解説・三上　延》

相棒season12（上）
脚本・輿水　泰弘ほか／ノベライズ・碇　卯人
陰謀論者が語る十年前の邦人社長誘拐殺人事件が、警察組織全体を揺るがす大事件に発展する「ビリーバー」など七編を収録。《解説・辻村深月》

相棒season12（中）
脚本・輿水　泰弘ほか／ノベライズ・碇　卯人
交番爆破事件の現場に遭遇した甲斐享が残すヒントをもとに、杉下右京が名推理を展開する「ボマー」など六編を収録。《解説・夏目房之介》

相棒season12（下）
脚本・輿水　泰弘ほか／ノベライズ・碇　卯人
〝証人保護プログラム〟で守られた闇社会の大物の三男を捜し出すよう特命係が命じられる「プロテクト」など六編を収録。《解説・大倉崇裕》

相棒season13（上）

脚本・輿水　泰弘ほか／ノベライズ・碇　卯人

特命係が内閣情報調査室の主幹・社美彌子と共に、スパイ事件に隠された〝闇〟を暴く「ファントム・アサシン」など七篇を収録。

相棒season13（中）

脚本・輿水　泰弘ほか／ノベライズ・碇　卯人

〝犯罪の神様〟と呼ばれる男と杉下右京が対峙する「ストレイシープ」、鑑識課の米沢がクビを宣告される「米沢守、最後の挨拶」など六篇を収録。

相棒season13（下）

脚本・輿水　泰弘ほか／ノベライズ・碇　卯人

杉下右京が恩師の古希を祝う会で監禁事件に巻き込まれる「鮎川教授最後の授業」、甲斐享最後の事件となる「ダークナイト」など五篇を収録。

相棒season14（上）

脚本・輿水　泰弘ほか／ノベライズ・碇　卯人

異色の新相棒、法務省キャリア官僚・冠城亘が登場！　刑務所で起きた殺人事件で、新コンビが活躍する「フランケンシュタインの告白」など七篇。

相棒season14（中）

脚本・輿水　泰弘ほか／ノベライズ・碇　卯人

殺人事件を予言した人気漫画に隠された真実に迫る「最終回の奇跡」、新政権発足間近に起きた爆破事件を追う「英雄～罪深き者たち」など六篇。

相棒season14（下）

脚本・輿水　泰弘ほか／ノベライズ・碇　卯人

山深い秘境で遭難した右京が決死の脱出劇を繰り広げる「神隠しの山」、警察訓練生による大量殺戮テロが発生する「ラストケース」など六篇。